El extraño

¡El libro también se
transforma! ¡Pasa
las páginas y verás!

Busca estos libros de la serie

de K.A. Applegate

ANIMORPHS ™

El extraño

K.A. Applegate

Scholastic Inc. / Emecé Editores

Emecé Editores S.A.
Alsina 2062 - Buenos Aires, Argentina
E-mail: editorial@emece.com.ar
http: //www.emece.com.ar

Título original: *Animorphs #7: The Stranger*
Traducción: SEDET
Copyright © by Katherine Applegate, 1997
Todos los derechos reservados. Publicado por acuerdo con Scholastic Inc., USA
Animorphs es una marca registrada de Scholastic Inc.
© *Emecé Editores S.A., 2000*

Ilustración de tapa: *David B. Mattingly*
Primer edición: 9.500 ejemplares
Impreso en Companhia Melhoramentos de São Pablo
Abril de 2000

IMPRESO EN BRASIL / PRINTED IN BRAZIL
Queda hecho el depósito que previene la ley 11.723
I.S.B.N.: 950-04-2123-2
50.007

CHILDREN'S ROOM

A Michael

CAPÍTULO 1

Me llamo Rachel.

Ya saben cómo es este asunto: no les diré mi apellido ni el lugar donde vivo. Eso sí, les contaré todo lo que pueda, porque necesitan saber qué es lo que sucede, pero para mí es esencial seguir con vida. Y si los yeerks descubrieran quién soy, me matarían al instante.

O me harían algo peor...

Los yeerks están entre nosotros; es lo único que ustedes necesitan saber.

Por la noche, la gente mira las estrellas y se pregunta qué ocurriría si alguna vez aterrizaran en la Tierra criaturas de otro planeta.

Bueno, es hora de que dejen de preguntárselo, porque eso ya sucedió.

Los yeerks son parásitos. Viven en el cerebro de

otras especies —por ejemplo, de los humanos—, y los convierten en esclavos sin voluntad llamados controladores.

De modo que, cuando les digo que los alienígenas están entre nosotros, no se imaginen que encontrarán por la calle un monstruito simpático como E.T. No podrán descubrir a los yeerks tan fácilmente, porque son gusanos parásitos, horrendas babosas de color grisáceo que habitan en la cabeza de los seres humanos.

Pueden estar alojados en el cuerpo de cualquiera de tus conocidos o parientes. Tu mejor amigo. Tu maestra preferida. El intendente de tu ciudad. Tu hermano o hermana. Tu mamá. Tu papá. Cualquiera puede ser un controlador, hasta *tú* mismo.

Por eso es mejor que no les diga mi apellido ni el lugar donde vivo. Claro que les contaré la verdad. La verdad que sólo los animorphs saben.

Un animorph es un ser humano que puede convertirse en cualquier animal. Se trata de nuestra única arma contra los yeerks, nuestro único poder. Sin esa capacidad, seríamos sólo cinco chicos normales.

Pero tener esa capacidad implica ciertas responsabilidades adicionales... Eso era lo que trataba de explicarle el otro día a mi mejor amiga, Cassie.

Era una noche de domingo. Ya era tarde; había terminado la última función del circo. Los carromatos y carpas se amontonaban en la parte de atrás del centro municipal de exposiciones, un lugar donde se hacen recitales de rock, se presentan espectáculos de patinaje sobre hielo, se juegan partidos de básquet...y se levantan circos.

—Las dos lo vimos, Cassie —le dije—. No me digas que no te pone furiosa ver cómo ese idiota hace caminar al elefante aplicándole descargas eléctricas.

—Claro que me pone furiosa. Si ni siquiera me gustan los circos —me contestó ella.

—A mí tampoco. Pero papá había comprado las entradas, y era el día especial que dedica a salir conmigo y mis hermanas, así que no tenía más remedio que venir.

Esa tarde, papá nos había llevado al circo. Mis padres están divorciados; por eso, una vez cada quince días, papá organiza algún programa que podamos hacer juntos. A veces salimos él y yo solos, como cuando vamos a caminar, a ver partidos de fútbol o exhibiciones de gimnasia. Esas son las actividades que nos gustan a él y mí. En cambio mis hermanas menores, Jordan y Sara, adoran ir al circo. Y como el circo no es precisamente una de mis salidas predilectas —supongo que ya estoy grande para eso— le pedí a Cassie que me acompañara, así tenía alguien con quien hablar cuando mis hermanas empezaran a gritar como locas con los payasos y esas cosas.

A pesar de todo, estaba contenta porque era una oportunidad para pasar un rato con papá, algo que siempre disfruto, aunque no lo veo tan seguido como me gustaría. Todo el mundo dice que soy muy parecida a él. Por ejemplo, yo soy igual de intrépida. Él siempre parece muy seguro de sí mismo, y supongo que la gente piensa que yo también soy así. Los dos somos fanáticos de la gimnasia; cuando era joven, papá estuvo a punto de ir a las Olimpíadas.

Por supuesto, nunca le confesé nada sobre mi otra vida, aunque, si pudiera, me gustaría contárselo. Seguramente se preocuparía por mí, como cualquier padre, pero también se pondría contento. Papá admira mucho a las personas que luchan por lo que es justo, y sería reconfortante saber que se siente orgulloso de mí.

Cuando salimos del circo, vimos que en la pequeña ciudad que formaban las carpas y carromatos no había demasiada actividad. Se oía el ladrido de unos perros, y una risa estridente que venía de un carro pintado de colores vivos. El aire estaba invadido de los típicos olores del circo: estiércol, heno, cerveza, golosinas…

Alrededor del perímetro del circo había guardias de seguridad, pero eso no me preocupaba en absoluto. Después de enfrentarse cara a cara con los guerreros hork-bajires, y de luchar contra esas gigantescas cuchillas que caminan, a uno no lo asustan mucho los seres humanos normales.

Cassie y yo pasamos silenciosamente junto a la jaula de los tigres. Los tres enormes animales nos clavaron una mirada inexpresiva. Era de noche; lo que ellos querían era estar en la selva, y en cambio estaban encerrados en una jaula donde no podían ni moverse, atrapados en una pesadilla inventada por los seres humanos.

Después vimos el corral de los elefantes: cuatro enormes ejemplares asiáticos rodeados por un poderoso cerco. Eran un poquito distintos de la variedad africana que yo conocía tan bien pero, de todos modos, eran elefantes, y eso era lo que me importaba.

Yo tengo una relación especial con los elefantes.

Cassie y yo habíamos ido al corral antes de que empezara la función, y vimos la crueldad con que el domador trataba a los animales. Para dominarlos, usaba una vara que producía descargas eléctricas, de esas que se utilizan en el campo para arrear el ganado.

Más tarde, durante la función, se había hecho el bueno con los elefantes, como si realmente los quisiera, pero yo sabía que era puro teatro. Me quedé sentada ahí, sintiendo crecer la rabia por dentro. Tenía que hacer algo.

El domador se llamaba Josep no sé cuánto. Tenía un apellido difícil de pronunciar.

Bueno, el señor Josep no sé cuánto aún no lo sabía, pero estaba a punto de vivir una experiencia inolvidable.

—¿Ves a alguien, Cassie?

—Cuando se entere Jake, te va a poner en capilla —me advirtió ella.

Yo lancé una carcajada.

—¿En capilla? ¿Y eso qué es? Parece una frase de mi mamá.

Cassie se encogió de hombros y me miró con su sonrisa tímida.

—No sé. Papá me lo dice todo el tiempo. Te lo dije para parecer responsable, madura y maternal.

—Ya lo tengo decidido, Cassie.

Ella lanzó un suspiro.

—Todavía no me explico cómo es que me dejé convencer de que te ayudara.

—Porque sabes que tengo razón.

Ella revoleó los ojos.

—Lo único que te pido es que no lastimes a ese tipo, ¿de acuerdo?

—¿Lastimarlo yo? ¿La defensora de la paz, el amor y la comprensión? Mejor que no se aparezca con esa vara, porque te juro que...

Noté que Cassie había dejado de caminar, y me miraba apesadumbrada, como avergonzándose de mí.

Di un paso hacia atrás.

—Bueno, te prometo que voy a hablar con el tipo, nada más. Pero no me mires así; es terrible. Algún día llegarás a ser una muy buena madre con una mirada como ésa.

Busqué la puerta del corral de los elefantes y la

abrí. Entré con sigilo mientras Cassie se escondía entre las sombras para montar guardia. Avancé lentamente, tratando de no hacer ningún movimiento brusco para no asustar a los animales.

Los elefantes son muy mansos, pero no le recomiendo a nadie estar en medio de cuatro enormes ejemplares enfurecidos.

Me dirigí a un rincón oscuro del corral y comencé con el ritual acostumbrado de fijar mi mente en una idea. Me concentré en *mi* elefante, el elefante cuyo ADN formaba parte de mi cuerpo.

Entonces empecé a transformarme.

CAPÍTULO 2

La gente dice que soy linda. No sé si es cierto, y realmente no me interesa. Lo único que sé es que nadie que haya visto alguna vez mi metamorfosis en elefante usó la palabra "linda" para describirla.

Sentí que se me agrandaban las piernas y los brazos.

Observé cómo mi piel se volvía áspera y gris, como si fuera de barro.

De pronto, con una especie de explosión, mi nariz y mi boca brotaron hacia afuera y me creció una trompa larguísima.

—Parece que dijiste muchas mentiras, Pinocho —me susurró Cassie.

Después sentí que los dientes de adelante se me juntaban y comenzaban a alargarse cada vez más hasta convertirse en dos colmillos gigantescos.

Es una sensación horrible. No duele, pero es difícil de olvidar.

Me estaba haciendo grande. Grande es poco: estaba subiendo de peso con una rapidez asombrosa.

Tenía entre tres y cuatro metros de altura, unas orejas que parecían sombrillas y una cola corta y dura. Me había transformado en un elefante africano adulto, y estaba lista para tener una pequeña charla con el señor Josep no sé cuánto.

Alcé la trompa y dejé escapar un bramido ensordecedor. Era la advertencia de un elefante enfurecido.

—Podrías haberme avisado —me susurró Cassie—. Casi me muero del susto.

No habían pasado más de tres minutos cuando el domador vino corriendo a ver qué ocurría. En la oscuridad, lo único que veía eran las formas grises de sus elefantes. Yo no estaba lo que se dice escondida porque, hay que admitirlo, cuando una es un elefante no resulta muy fácil acurrucarse para que no la vean, pero estaba esperando que el tipo llegara al fondo del corral.

Cuando llegó el momento…

¡Bum! Me precipité hacia adelante, empujando a dos de los elefantes del circo.

El domador me miraba sin entender.

—¿Y esto? ¿Qué diablos…?

Con un movimiento repentino, le rodeé la cintura con la trompa mientras él seguía mirándome azorado.

15

—¡Eh! ¡Tú no eres uno de mis elefantes!

Lo bueno que tiene la trompa de los elefantes es que sus movimientos son tan sutiles que puede tomar un huevo sin romperlo. Claro que también puede arrancar un árbol y arrojarlo a varios metros de distancia.

Josep no sé cuánto lo sabía muy bien.

Después de envolverle la cintura con la trompa, lo alcé del suelo y lo sostuve en vilo. En seguida empezó a patalear con desesperación, y a golpearme débilmente la trompa con los brazos.

Lo levanté hasta que me quedó a la altura de los ojos.

<Hola, Josep> lo saludé en lenguaje telepático.

—¿Quién…? ¿Quién habló? ¿Me estoy volviendo loco, o qué?

<Soy yo> le contesté. <Un agente de la Policía Elefante Internacional. Hemos recibido algunas denuncias sobre ti, Josep.>

—¡Esto es una verdadera locura! ¿Quién eres? Es una broma, ¿no?

Le apreté la cintura con más fuerza, apenas lo necesario como para que le costara trabajo respirar.

<Ahora, quiero que me prestes mucha atención. Recuerda que, si me da la gana, puedo hacerte papilla en un segundo, ¿entendido? Te vi azuzando a los elefantes con una vara, y eso no se hace, ¿no te parece?>

—Pero... —dijo él, casi sin aliento—. ¡Si esos animales son míos!

Evidentemente el tipo no estaba captando mi mensaje, así que extendí un poco la trompa y lo coloqué sobre la punta de mi colmillo izquierdo. Parecía un gusano a punto de ser enganchado en un anzuelo.

<Un solo movimiento de mi trompa, y te quedas clavado en mi colmillo como una brocheta. Ahora, ¿vas a escucharme o no?>

—¡Sí! ¡Sí! Te escucho. Te juro que te escucho.

<No quiero que vuelvas a usar esa vara ni lastimes a los elefantes de ninguna otra manera, ¿está claro?>

—Sssí.

<Te estaré vigilando. Y si vuelves a lastimar a alguno... te juro que vuelvo y te aprieto con la trompa hasta cortarte la respiración, ¿entendido?>

—Sssí.

<Josep, ¿alguna vez volaste?>

—¿Qué? ¿Volar, yo? No, claro que no.

<Bueno, ya sabes que siempre hay una primera vez> le dije. Bajé la trompa hasta que casi toca el suelo. Después, sacudí bruscamente la cabeza, agité la trompa y lancé por los aires a Josep no sé cuánto.

El domador aterrizó sano y salvo sobre una de las carpas, como a seis metros de distancia.

—¿*Ahora sí* podemos irnos a casa? —me preguntó Cassie.

17

CAPÍTULO 3

—¿**A**rrojaste al tipo por los aires? ¿No te parece que exageraste un poco? —me preguntó Jake.

—No. Se lo merecía.

Era el día siguiente, un lunes, después de salir de la escuela. Cassie, Jake, Marco, Tobías y yo caminábamos por el bosque.

Bueno, en realidad, Tobías no caminaba; volaba de rama en rama sobre nosotros, sin alejarse demasiado para poder oír nuestra conversación. Si bien los halcones de cola roja tienen un oído excelente, necesitaba quedarse más o menos cerca.

—Tú sabes que estoy de acuerdo contigo, Rachel —me dijo Jake con suavidad—. Pero no creo que nuestro trabajo sea socorrer a todos los animales en peligro. Lamentablemente, eso nos llevaría todo el día.

Miré a Cassie, que me guiñó un ojo. No le contamos a Jake que ella me había ayudado porque, como los dos se gustan, mi amiga no quería que él la regañara.

En cambio, conmigo es otra historia. Todo el mundo sabe que hago lo que se me da la gana.

—Tenemos otros asuntos de qué ocuparnos —masculló Marco—. El andalita no nos dio la capacidad de metamorfosis para que pudiéramos formar la Sociedad Animorph para la Protección de los Animales.

—Está bien —le contesté, aunque esa respuesta no implicaba que yo admitiera mi error—. Pero, ¿qué te pasa que estás tan serio, Marco?

—Esperemos hasta que aparezca Ax, así no cuento dos veces lo mismo.

Seguimos cruzando ruidosamente el bosque.

Sentí crecer la excitación por dentro. Era evidente que Marco estaba nervioso. Algo sucedía. El peligro se olía en el aire, y eso significaba que pronto habría acción.

Me gusta la acción. Me gusta *hacer* cosas y no simplemente hablar de ellas. Marco siempre me hace bromas sobre eso; me llama *Xena, la princesa guerrera.*

Pero no soy como esos imbéciles que buscan el peligro porque sí. No busco solamente una emoción cualquiera; me gusta sentir que participo en algo importante. Y aunque suene cursi, nosotros estamos tratando de salvar el mundo.

Todo comenzó hace unos meses, un día en que, por pura casualidad, estábamos los cinco en el centro comercial. En realidad no éramos un grupo, al menos hasta esa noche.

Jake es primo mío, pero en esa época no nos veíamos muy seguido. Él viene a ser nuestro jefe, aunque no es un cargo que él haya elegido; lo que pasa es que es el más responsable. Es la clase de persona a la que todos recurren automáticamente en caso de crisis. Tal vez lo mejor que tiene es la capacidad de decirle a la gente lo que debe hacer sin parecer mandón.

—¿Cómo es eso de que no quieres contar dos veces lo mismo? Desde que te conozco que cuentas siempre los mismos chistes —le dijo Jake a Marco.

—Eso es culpa tuya —le contestó Marco—. Si te rieras la primera vez, no tendría que andar contándolos de nuevo.

Marco es el mejor amigo de Jake. Es más chico que él, más gracioso, pero también más escéptico. Como sospecha de todo, se especializa en ver qué hay debajo de las apariencias de las cosas. Y, por más que refunfuñe y se queje cuando enfrentamos una situación peligrosa, siempre está luchando a la par de nosotros en los momentos críticos, sin dejar de contar sus chistes malos.

Últimamente está un poco cambiado. No sé por qué, pero ya no tolera ser un animorph como antes.

Tal vez sea porque su papá parece haber superado por fin la muerte de su esposa. La verdad es que no sé.

—¡Eh! ¡Miren! Arriba de ese árbol, ¿lo ven? Un zorrino bebé con su mamá. —La que hablaba era Cassie, por supuesto. Nadie más que ella se entusiasmaría al ver un zorrino.

—Ah, podríamos adoptarlo como mascota —bromeó Marco.

Cassie se rió.

—Yo los toqué miles de veces y nunca me hicieron nada.

—Bueno, de ti no me sorprende, doctora Doolittle.

Cassie siempre fue mi mejor amiga, aunque no sé muy bien por qué. Nadie lo sabe, porque somos tan distintas que cualquiera pensaría que nos llevamos a las patadas. Cassie vive en una granja. Sus padres son veterinarios, y ella pasa su tiempo libre en la Clínica de Rehabilitación de la Vida Silvestre que el padre tiene en el granero. Ahí curan a los animales heridos.

Mi amiga adora los animales, pero no es una de esas fanáticas que viven para los animales y no soportan a la gente. Simplemente piensa que los seres humanos son animales de una especie diferente.

Después está Tobías. Cuando empezó esta historia, Tobías era apenas un conocido de Jake y Marco, aunque yo también lo había visto un par de veces. Era un chico tierno y poético, de esos que a los bravucones les encanta molestar. Siempre tenía el pelo desordenado, como si viviera peleado con el peine, y ojos soñadores que parecían ver lo que nadie podía ver.

Claro que eso era antes...

Ahora tiene una mirada feroz que te hiela la sangre, plumas de color pardo, pecho blanco, cola rojiza, garras de aspecto amenazante y un pico curvo muy peligroso.

Tobías quedó atrapado en una metamorfosis, y ahora es un halcón de cola roja. Un ave de presa que caza ratones, conejos, y a veces, otros pájaros.

Yo todavía lo veo como el chico dulce y tierno que era, pero en realidad hace mucho tiempo que es halcón.

El don del andalita, la capacidad de la metamorfosis, es un arma magnífica, pero como cualquier arma, puede destruir a quien la usa.

<Ahí viene> nos anunció Tobías en el lenguaje telepático que utilizamos cuando estamos transformados. <Creo que ya nos vio.>

Oí el crujido de pisadas sobre las hojas secas, un suave golpeteo de cascos sobre agujas de pino.

Después, saltó por sobre el tronco de un árbol caído y aterrizó a unos pocos metros de distancia.

Era Aximili-Esgarrouth-Isthill; nosotros lo llamamos Ax, para abreviar. El único sobreviviente de la nave Cúpula andalita. El único andalita vivo en el planeta Tierra.

Ax es el hermano del príncipe Elfangor, el andalita que nos advirtió sobre la invasión yeerk y nos dio la capacidad de transformarnos. Elfangor fue destruido por Visser Tres, el líder de las fuerzas yeerk en la Tierra.

<Hola, príncipe Jake. Hola a todos.> saludó Ax.

Si bien conozco a Ax hace un tiempo y lo considero mi amigo, verlo siempre me da un poco de impresión.

Parece una extraña cruza de ser humano, ciervo y escorpión, aunque no se puede decir que sea ninguna de esas tres cosas.

La parte superior de su cuerpo y su cabeza son las que lo hacen parecido a un ser humano. Tiene brazos delgados y manos con muchos dedos. Su cara es chata, y tiene hendiduras para una nariz y dos enormes ojos almendrados. No tiene boca, lo cual explica por qué la telepatía es el lenguaje natural de los andalitas.

De la cabeza le crecen dos especies de tallos, cada uno con un ojo en el extremo. Puede girar esos ojos en cualquier dirección, ya que son totalmente independientes de sus ojos principales.

Su cuerpo es similar al de un caballo pequeño o un ciervo en tonos pálidos de azul y canela. Tiene cuatro patas que terminan en cascos, pero su lomo se inclina hacia abajo, así que a uno jamás se le ocurriría montarlo.

Además, tiene cola. Una cola larga, gruesa y poderosa con una mortífera cuchilla en forma de guadaña en su extremo. Yo lo vi usarla un par de veces. Sus movimientos son tan rápidos que el ojo humano apenas puede verla.

—Hola, Ax. ¿Cómo anda todo? —le preguntó Marco.

<Fantástico. Ayer estuve en las colinas, y me atacó uno de esos gatos grandes. ¿Cómo es que se llaman? ¿Pumas? Fue una batalla realmente magnífica.>

—¿Estás bien? —quise saber.

<Sí, perfecto, Rachel. Y, quédate tranquila, Cassie, te aseguro que no lastimé al puma; bueno, al menos creo que no se va a morir. Claro que dudo que quiera atacarme de nuevo.> Nos sonrió a la manera andalita, una extraña expresión que lograba pese a que no tenía boca.

Marco revoleó los ojos.

—Les digo que Ax y Rachel están hechos el uno para el otro. A los dos les obsesiona el peligro. Algún día se casarán mientras se tiran en paracaídas dentro de un volcán en actividad.

Me estremecí. No porque Marco pensara que yo era audaz —eso no me importaba— sino porque a Ax no sólo podía verlo como amigo.

—Bueno, Marco, ahora que estamos todos, tal vez puedas decirnos *por qué* nos hemos reunido —dijo Jake.

—Tengo que darles una noticia —empezó Marco—. En realidad, Tobías y yo tenemos algo que contarles.

Miré a Tobías, que estaba posado sobre una rama. Por supuesto, sus ojos de mirada penetrante no tenían ninguna expresión; sólo estaban clavados en Marco.

Formamos un círculo alrededor de nuestro compañero, y él, dándose aires, empezó a decir:

—Es una historia de iniciativa, coraje, y por qué no, genialidad...

—No, no, no. Cuéntanos de una vez, Marco —lo interrumpí—. No te hagas el misterioso.

—De acuerdo —contestó él soltando una carcajada—. Mis queridos compañeros animorphs... y alienígena invitado..., debo comunicarles que encontramos el acceso al estanque yeerk.

CAPÍTULO 4

—¿Un acceso al estanque yeerk? —repetí—. ¿Dónde? ¿Cómo?

Miré a mi alrededor para observar cómo reaccionaban los demás. Ya habíamos invadido una vez esa pileta para tratar de salvar a Tom, el hermano de Jake. Y no era un recuerdo muy feliz.

Vi que Cassie se estremecía.

—Ax es el único que no estuvo con nosotros cuando nos tomamos unos días de vacaciones en el estanque yeerk —continuó Marco—. Como los demás bien saben, el estanque se encuentra dentro de una enorme caverna subterránea. Prácticamente es una pequeña ciudad: está ubicada debajo de la escuela, pero es tan grande que también sigue debajo del cuartel de bomberos, un par de estaciones de servicio y la mayor parte del centro comercial.

Ax asintió con la cabeza.

<Por lo general, las piletas yeerk son muy grandes y complejas. Constituyen una parte muy importante, por no decir el centro, de la vida yeerk. Para ellos son lo que los bosques y praderas son para los andalitas.>

—Tobías y yo establecimos un programa de vigilancia —continuó Marco—. Durante la última semana, seguimos a nuestro más querido controlador humano, el vicedirector Chapman, a todas partes. Tobías lo rastreaba desde el aire, y yo lo seguía cuando entraba en algún edificio.

—¿Por qué lo hicieron ustedes solos y no lo compartieron con el grupo? —le planteé.

Marco se encogió de hombros.

—Era un trabajo para dos personas, nada más.

Jake parecía tan enojado como yo.

Después comprendí por qué Marco había decidido no contar nada. Jake acababa de vivir la terrible experiencia de ser infectado por un yeerk. Durante tres días había sido un controlador humano, un prisionero en su propio cuerpo, y Marco había querido que pasara unos días en paz.

—¿Entonces? —le pregunté, con un poco más de paciencia.

—¿Entonces, qué?

—¿Dónde está el acceso al estanque?

—Bueno, mi intención era dejarlos boquiabiertos y entretenerlos un rato con los detalles de nues-

27

tro brillante trabajo detectivesco, pero la respuesta corta es: en el probador de una tienda de ropa del centro comercial. Allí está el acceso. La gente entra como si fuera a probarse una prenda, y no sale más.

<Al menos, no por esa tienda> agregó Tobías. <Sale por el cine. Cuando termina la película, siempre hay más público del que había entrado.>

—Entran por la tienda de ropa, salen por el cine —se rió Marco—. Parece que a los yeerks no les resultó difícil adaptarse a la sociedad de consumo, ¿verdad?

—Buen trabajo —admitió Jake a regañadientes—. La pregunta es, ¿qué hacemos ahora?

<¡Atacar!> contestó Ax al instante.

—Eso ya lo intentamos una vez —murmuró Cassie—. Y la verdad es que no fue lo que se dice un éxito. En la caverna, había miles de hork-bajires, taxxonitas y controladores humanos. Y también estaba él… Visser Tres. En esa misión, Tobías quedó apresado en la forma animal. Ya ves, no nos fue muy bien que digamos…

—Nos dieron una paliza —coincidí—. Ax, tú sabes que por lo general estoy a favor de atacar, pero el estanque yeerk es demasiado grande.

<El valor de un guerrero se mide por el poder de sus enemigos> contestó Ax, con terquedad. De todos modos, no sonaba tan entusiasmado como antes.

—El ataque al estanque yeerk queda descartado

—murmuré. Pero se me estaba ocurriendo una idea.

—¿Ax? ¿Qué puedes decirnos sobre la kandrona?

El extraterrestre me clavó la vista mientras sus ojos adicionales giraban en todas direcciones para detectar cualquier movimiento extraño en el bosque.

<La kandrona es una versión en miniatura del sol del planeta yeerk. Emite rayos del mismo nombre que se concentran en las piletas yeerks. Eso es precisamente lo que los nutre. Por esa razón los yeerks deben nadar en esa pileta cada tres días y en su estado natural: porque necesitan absorber esos rayos.>

—Entonces, su verdadera debilidad no es el estanque en sí, sino esta kandrona. El sol en miniatura.

<Pero la kandrona puede estar a kilómetros de distancia del estanque> explicó Ax. <Los rayos pueden ser irradiados al estanque desde cualquier parte. Por eso, si bien soy de la idea de atacar el estanque yeerk, no debemos ir allí pensando que encontraremos la kandrona.>

—Estoy de acuerdo —le contesté—. Pero, ¿qué les parece si en lugar de atacar el estanque investigamos en la caverna? A lo mejor descubrimos dónde está la kandrona.

Marco se rió.

—Ah, ahora sí que apareció la verdadera Rachel. Estaba empezando a preocuparme. Al principio, sonabas demasiado sensata.

—¿Qué tamaño tiene una kandrona? —preguntó Jake.

<Todo depende de cuántas piletas deba alimentar. Puede ser tan grande como el granero de Cassie, o tener el tamaño de uno de los autos que usan ustedes, los humanos.>

—¿El tamaño de un auto? Ah, un grupo de chicos normales como nosotros puede destruir un auto sin ningún problema, ¿no les parece? —bromeó Marco.

—La pregunta es qué daño les causaría a los yeerks. ¿Vale la pena correr el riesgo de bajar a la caverna otra vez? —pregunté.

Los cinco miramos a Ax.

<Depende. Si los yeerks tienen una kandrona de repuesto, no les causaría demasiados problemas. De todos modos, tienen una a bordo de la nave nodriza, así que no los destruiríamos por completo.>

A todos se nos fue el alma al piso.

<Sin embargo, a esos gusanos no les resultaría muy práctico tener que andar llevando a los controladores humanos a la nave nodriza para mantenerlos con vida.>

—¿Entonces, qué harían? —se preguntó Marco—. ¿Cómo reaccionaría Visser Tres?

—Visser Tres es lo más despiadado que existe —le respondí—. Salvaría a todos los que pudiera, pero al resto los dejaría morir.

<Exacto> coincidió Ax. <Sería un golpe tremendo. Sobrevivirían, pero quedarían muy debilitados.>

—Primero tendríamos que encontrar esa kandrona —nos recordó Cassie—. Y dondequiera que esté, seguramente está custodiada.

Creo que en ese momento todos tomamos conciencia de que íbamos a hacerlo. Íbamos a volver al estanque yeerk.

Jake meneó la cabeza con lentitud.

—El estanque yeerk de nuevo. Todavía me duran las pesadillas de la otra vez.

—Sí, a mí también —dijo Marco.

—El estanque yeerk —murmuró Cassie en tono sombrío. Después, miró para otro lado.

Yo no dije nada. No me gusta hablar de las pesadillas. Pero yo también las tenía, y eran realmente horribles.

<No comprendo muy bien las emociones humanas> intervino Ax. <Pero todos parecen asustados. Y creo que me están contagiando el miedo.>

—No sé si ustedes, los andalitas, creen en el cielo y el infierno. Pero te aseguro que el estanque yeerk de cielo no tiene nada.

CAPÍTULO 5

—¿Qué hay de comer? —le pregunté a mamá cuando llegué a casa. La caminata por el bosque me había dado hambre. El aire libre siempre me produce el mismo efecto.

Igual que el miedo. El estanque yeerk me venía a la mente una y otra vez. Me acordaba de las jaulas de huéspedes involuntarios, humanos y hork-bajires, libres de los parásitos yeerks por un rato, nada más.

Sus voces resonaban en mis oídos. Mientras esperaban para ser infectados nuevamente, la mayoría lloraba; otros gritaban o clamaban por piedad.

O aun peor.

Mamá estaba parada junto a la mesa de la cocina, mejor vestida de lo que suele estar a esa hora de la tarde. Mordisqueaba nerviosa unos grisines, con la mirada perdida.

—Mami, hola.

Primero me miró como si no me conociera.

—Ah, hola, tesoro.

—¿Qué hay de comer? Tengo un hambre que me muero.

—Esta noche viene a cenar tu papá. Dijo que la comida la traía él.

Se me hizo un nudo en la garganta. Algo andaba mal.

Desde que papá y mamá se divorciaron, papá nunca había venido a cenar. Mis dos hermanas y yo pasábamos un fin de semana por mes con él en su departamento, más la salida que hacíamos cada quince días.

Pero nunca venía a cenar.

El hambre se me había ido.

—¿Qué pasa, mami?

Le noté una expresión preocupada, pero delante de mí trataba de disimular.

—Tu padre tiene algo que decirles. Se suponía que iba a contárselo la otra noche en el circo, pero parece que se olvidó.

Por la forma en que dijo "Parece que se olvidó" quedaba claro que ella no creía que fuera cierto.

La tomé del brazo.

—Mamá, sabes que no me gusta el suspenso, así que…

En ese momento sonó el timbre.

Oí que Sara bajaba corriendo la escalera y que Jordan le gritaba:

—No corras, vas a romperte la cabeza.

Decía las mismas cosas que mamá. Casi nos hace reír.

—Seguro que es tu padre.

Fui al living. Sara recibía a papá con un gran abrazo mientras Jordan esperaba a cierta distancia. Cuando entré, me miró con expresión interrogativa. Jordan era más grande que Sara, y se daba cuenta de que algo sucedía.

Yo me encogí de hombros y sacudí la cabeza.

—¡Rachel! —me llamó papá—. ¿Cómo está mi hija mayor? Por favor, lleva esta bolsa a la mesa; es comida china. Hay salsa agridulce, pollo, chop suey. Y también esos deliciosos arrolladitos de carne, como quiera que se llamen.

Me entregó la bolsa. Parecía demasiado contento.

Papá trabaja de periodista en uno de los canales de televisión de la ciudad. Hace periodismo de investigación, y los sábados y domingos presenta las noticias. Por eso siempre está bien vestido y peinado a las mil maravillas, y tiene un bronceado ideal aun cuando estemos en pleno invierno.

Llevé la bolsa al comedor y empecé a desenvolver los paquetitos de comida china.

—Hola, Dan —lo saludó mamá, que entró trayendo la vajilla para poner la mesa.

—Hola, Naomi —le respondió él—. ¿Cómo anda todo?

A esa altura, hasta Sara se había dado cuenta de que no iba a ser una velada muy agradable.

Comimos un poco y nos esforzamos por mantener una conversación sobre temas triviales, hasta que mamá dijo:

—Dan, ¿por qué no se lo dices de una vez?

Papá pareció avergonzado. Me miró con una sonrisa culpable, como si fuera un nene al que pescan haciendo una travesura.

—Bueno. —Se aclaró la garganta, y se acomodó en la silla como si esperara que las cámaras lo enfocaran para empezar con las noticias de la tarde.

—Chicas, tengo algo que contarles. Me ofrecieron un muy buen trabajo. Si lo acepto, dejaría de presentar las noticias el fin de semana; me darían el horario central. Estaría en el noticiario de las seis y el de las once. Y también podría hacer investigaciones especiales. Sería un salto muy importante en mi carrera.

Jordan me miró, confundida. *Parecían* buenas noticias.

—Pero hay un problema —continuó él—. El trabajo no es en la ciudad. Tendría que mudarme.

—¿Mudarte? ¿Adónde? ¿A otro departamento? —le preguntó Sara.

Él se esforzó por sonreír.

—No, amor, a otra ciudad. Lejos de aquí.

—A miles de kilómetros —agregó mamá.

Es extraño cómo funciona la mente. Desde que

me convertí en un animorph, pasé por situaciones terribles que me provocaron más terror, más angustia, más dolor del que la mayoría de la gente experimenta durante toda su vida. Jamás me imaginé que un hecho tan simple como la mudanza de papá me iba a afectar tanto.

Claro que se mudaba a miles de kilómetros.

—Felicitaciones —le dije, tratando de parecer indiferente—. Es lo que siempre soñaste.

Pero él me conocía bien. Sabía que estaba enojada.

—Así es este trabajo, Rachel. Pero que me aleje de la ciudad no quiere decir que no nos vayamos a ver. Sé que me voy lejos, pero para eso están los aviones, ¿o no?

—Sí, claro —le dije—. Para eso están los aviones. Ahora creo que lo mejor es que me vaya a mi cuarto a hacer los deberes.

—Espera, quiero… —protestó él.

No di ningún portazo. No arrojé nada contra la pared.

Simplemente me fui.

A ver si aprende, me dije a mí misma. A ver si se da cuenta de lo que se siente cuando alguien te abandona.

Subí a mi habitación y cerré la puerta con llave. No podía respirar. Me quedé apretando los puños, con ganas de romper algo. Me habría echado a llorar si no fuera porque estaba demasiado enojada.

—¿Rachel? —Era él. Golpeó suavemente a la puerta. —¿Puedo pasar?

No podía decirle que no. Iba a pensar que estaba llorando o algo así.

—Claro.

Cuando entró, me dijo:

—Supongo que estás enojada conmigo.

Yo me encogí de hombros y le di la espalda.

—Ya veo. Rachel, en la mesa no me dejaste terminar lo que quería decirte. Jordan y Sara son muy chicas todavía, pero tú eres la mayor. Podrás quedarte sola cuando yo tenga que trabajar hasta tarde. Ellas no. Bueno, lo que quiero decirte es… ya hablé con tu madre sobre esto, y no le gusta demasiado la idea, pero dice que la decisión es tuya.

Me di vuelta y lo miré.

—¿Qué es lo que tengo que decidir?

Sonrió, vacilante.

—Carla Belnikoff da clases en la ciudad donde voy a vivir. Recibe tres o cuatro alumnos por año, de los que ella considera que tienen futuro. Si quieres…, bueno, a mí me encantaría que vinieras a vivir conmigo…

Casi le pido que me lo repita. No podía creer lo que escuchaba. Los alumnos de la entrenadora Belnikoff ganaron dos medallas de oro y varias medallas de plata en las Olimpíadas.

—Papi, Carla Belnikoff no va a aceptarme como alumna. Trabaja con gimnastas profesionales. Soy demasiado alta, y no tengo tantas condiciones co-

37

mo para... además, ¿me estás proponiendo que me vaya de aquí, que deje a mamá, a Sara y a Jordan?

—La única que puede decidir eres tú. Y en cuanto a lo de la entrenadora Belnikoff, estás equivocada. Tú tienes talento para la gimnasia. Estoy seguro. Si quieres dedicar tu vida a eso, creo que podrías llegar muy alto.

Sacudí la cabeza. No para rechazar la oferta, sino para tratar de aclarar mis ideas.

—¿Me estás pidiendo que me mude contigo?

—Sí. Sé que separarse sería difícil para ustedes, pero eso tiene solución. Voy a ganar un muy buen sueldo. Podrías viajar en cualquier momento, una vez por semana si así lo deseas.

¿Hablaba en serio? ¿Realmente me lo decía en serio? Sonaba ridículo. Me senté en el borde de la cama, pensando en mil cosas al mismo tiempo. ¿Irme? ¿Dejar a mamá y a mis hermanas?

Papá me lo había dicho porque se sentía culpable. Le remordía la conciencia porque se iba a vivir lejos. Tal vez sentía lástima por mí, o algo así.

—Y sé que también tendrías que cambiar de escuela. Pero, ¿sabes una cosa, Rachel? Creo que lo pasaríamos genial. Allí hay muchas montañas, y los fines de semana podríamos escalar, o salir a caminar. Además, en la ciudad se practican miles de deportes. Necesito a alguien que me acompañe a ver los partidos, como en los viejos tiempos, ¿te acuerdas? —Después me guiñó un ojo. —Y es una ciudad enorme: piensa en todas las cosas que podrías comprarte.

No era culpa ni lástima, me di cuenta. Al menos, no del todo. Creo que se sentía un poco solo. No le gustaba la idea de vivir solo en una ciudad extraña.

—Ay, Dios, la verdad es que no sé qué decir.

Él asintió con la cabeza.

—No tienes que decidirlo ahora. Primero habla con tu madre y tus hermanas. Tómate tu tiempo para pensarlo. Lo que pasa es que… te extraño mucho, amor. Nos divertíamos como locos insultando al árbitro en los partidos, ¿no? ¿Y cuando hacíamos esas largas caminatas? ¿Te acuerdas de aquella vez que nos perdimos?

—Claro que me acuerdo. Sólo que… necesito pensarlo.

Tenía ganas de decirle: "Papi, no entiendes. No es sólo por mamá, Sara y Jordan. Tengo un compromiso: debo regresar al estanque yeerk. Mis amigos confían en mí. Se supone que soy *Xena, la princesa guerrera*. Tengo la obligación de volver a esa caverna, el último lugar en la Tierra al que deseo ir".

—Lo voy a pensar —le repetí.

—Está bien. Ahora tengo que irme.

—Chau, papá.

—Te quiero, hija.

No sé por qué tuvo que decirme eso. Hasta ese momento, todo iba bien. Después, empezaron a brotarme las lágrimas.

39

CAPÍTULO 6

Cuando papá se fue, hablé con mamá. Me dijo lo que yo ya imaginaba: quería que me quedara con ella, pero la decisión la tenía que tomar yo. Confiaba en que lo pensaría bien.

La decisión era mía. Genial. Tenía dos opciones: hería los sentimientos de mamá y mis hermanas, o hería los sentimientos de papá. Perfecto. La verdad es que ser hija de padres divorciados es lo más divertido del mundo.

Cuando me fui a la cama, me quedé horas mirando el techo. La cabeza me funcionaba a mil por hora, como una computadora que no puede apagarse. Tenía demasiadas cosas en qué pensar: Papá, mamá...

Y el gran tema que tenía terror de enfrentar: mis amigos, los animorphs; la guerra contra los yeerks.

Al fin, decidí que tenía que salir. Necesitaba aire, espacio. Dentro de mi cuarto me sentía asfixiada.

Salté de la cama y abrí la ventana de par en par. Me saqué el pijama y me puse la malla negra que uso siempre debajo de la ropa.

El atuendo para la metamorfosis.

Sentía que la cabeza estaba a punto de explotarme. Necesitaba espacio para dejar de pensar en papá; olvidarme por un rato de las decisiones que debía tomar.

Fijé mi mente y me concentré. Un tiempo para pensar, me dije, mientras los dedos de las manos se me convertían en plumas, y los de los pies se curvaban hasta transformarse en garras.

Supongo que todos los chicos sienten en algún momento deseos de escaparse. Pero yo tenía el poder para concretarlo. Podía incluso escaparme de mí misma.

Me lancé hacia la oscuridad de la noche.

Volé en un silencio absoluto. El viento que corría sobre mis alas no me movía ni una sola pluma.

La Luna estaba baja sobre el horizonte; era apenas una rayita. Las nubes altas ocultaban la luz de las estrellas. Para los ojos humanos, la pradera sobre la cual planeaba les habría parecido una extensión negra y uniforme.

Pero yo no miraba a través de ojos humanos.

Mis ojos eran tan grandes que ocupaban casi toda mi cabeza. Distinguían las cosas en la oscuridad como si estuvieran a plena luz del día. Veía cada brizna de césped. También veía a las hormigas caminando sobre la tierra.

Mi oído estaba tan desarrollado que me llegaba el ruido de un ratón pisando una hoja a metros y metros de distancia, o el de un gorrión que agitaba las alas mientras volaba de rama en rama.

Me había transformado en una gran lechuza. La cazadora nocturna. La depredadora de las sombras.

Planeaba a muy baja altura, cerca del suelo, dejando que la mente de la lechuza buscara una presa. Un ratón por allí, una comadreja por allá. Y la infinidad de pájaros pequeños que volaban entre los árboles.

Todos eran alimento para la lechuza. Podía descender sigilosamente sobre una rata o un conejo, extender mis mortíferas garras y atacarlos en un segundo.

También podía clavarles las garras hasta hacerles saltar la sangre a borbotones… pero no… No lo hagas, me dije a mí misma. Yo no era Tobías, que no tenía más opción que ser un depredador. Yo sí podía elegir.

Igual que papá. Él podía elegir no mudarse, y así yo no me vería obligada a tomar una decisión tan horrible. Si él supiera… si comprendiera todo… tendría otra actitud. Entendería que su hija lucha por salvar el planeta.

Pero no podía confesárselo, ni siquiera a papá.

Nunca se sabe; a lo mejor él era uno de los enemigos. Así de paranoico se vuelve uno cuando conoce los planes de los yeerks. Observas a todo el mundo y te preguntas si su cerebro estará invadido por un parásito. Aunque tengo la sensación de que, si papá fuera un controlador, me daría cuenta enseguida.

Creo que desde chiquita fui muy compinche de papá. Si me remonto en el tiempo, siempre nos veo haciendo algo juntos. Por ejemplo, en el escritorio de mi cuarto guardo una foto de cuando tenía tres años, y estoy parada sobre una barra de equilibrio mientras papá me sostiene y sonríe a la cámara. Me encanta esa foto, aunque yo no salí demasiado bien.

Cuando mamá estaba embarazada de Sara, mi hermana menor, escuché una conversación entre mamá y papá. Ella le decía que a lo mejor esa vez tenían un varón.

—Sé que siempre quisiste un varón —agregó después.

—Ah, vamos —le respondió él—. Eso fue hace años. Pensaba que con un hijo varón iba a poder compartir más cosas. Pero ahora tengo a Rachel, que no tiene nada que envidiarle a un varón. Tiene más fuerza que la mayoría de los chicos de su edad. ¿No viste las vueltas carnero que da?

Mamá protestó.

—Mejor que *nunca* te oiga decir eso. A las nenas *no* les gusta que les digan que no tienen nada que envidiarle a un varón.

43

Pero estaba equivocada. Sé que era un comentario sexista, pero de todas formas me encantó. Era genial que papá pensara que yo era tan fuerte como un varón.

Si supiera lo que estoy haciendo ahora, me dije.

¿Cómo se le ocurría hacerme tomar una decisión tan difícil? No podía abandonar a mis amigos; ellos confiaban en mí. Nuestro plan era regresar al estanque yeerk y ellos esperaban que yo fuera fuerte y valiente. Así es como me veían.

Pero, si era tan fuerte y valiente, ¿por qué de pronto me imaginaba viviendo una vida diferente, lejos, muy lejos de la guerra contra los yeerks?

¿Por qué me venía a la mente una vida de clases de gimnasia y partidos de fútbol con papá en un lugar donde yo era una persona como cualquiera, donde nadie esperaba que descendiera a ese infierno de lamentos y desesperación que es el estanque yeerk?

Si era tan fuerte y valiente, ¿por qué me imaginaba una vida normal?

CAPÍTULO 7

Entré en el territorio de Tobías. También era el territorio de al menos una lechuza de verdad, que por cierto no se sentiría muy feliz al verme. La zona le pertenecía a Tobías durante el día y a la lechuza por la noche.

Tobías solía dormir en un árbol que yo conocía. Me dirigí hacia allí, y cuando lo vi, dejé de agitar las alas y me elevé.

Estaba abriendo las alas para aterrizar cuando de pronto me vio.

<¡No te preocupes! ¡Soy yo, Rachel!>

<¡Ay, Dios mío! ¡Casi me matas del susto!>

<¡Perdón!>

<¿Perdón?> me contestó furioso. <Es de noche, estamos en pleno bosque, yo soy un halcón y tú eres una lechuza que viene a toda velocidad como

45

si estuviera a punto de atacarme. Esas cosas no se hacen, Rachel.>

<No es para tanto, soy una lechuza, no un águila> protesté. Sabía que algunas águilas y ciertos tipos de halcón atacan a los halcones de cola roja.

<Bueno, está bien. Lo que pasa es que he escuchado que las lechuzas hambrientas a veces atacan a los halcones como yo. No sucede muy a menudo, pero te juro que me dan miedo. Sé que todo el mundo ve a las simpáticas lechucitas de los dibujos animados y piensa que lo único que hacen es decir "Uh, uh" y actuar en forma sabia. Pero yo las he visto trabajar, y te aseguro que no son nada simpáticas. Son bastante agresivas. No me gustaría tener que pelear alguna vez con una de ellas.>

Me acomodé en la rama junto a él, hundiendo las garras en la blanda corteza. Cuando miré a mi alrededor, comprendí por qué era la rama preferida de Tobías. Desde allí se tenía una vista maravillosa de la pradera, con todas sus apetitosas presas.

<Lo lamento mucho, Tobías. A veces me olvido de que tu vida puede ser tan peligrosa.>

<Bueno, también tiene sus ventajas. Ya no tengo que soportar las clases de gimnasia en la primera hora, por ejemplo. Pero, ¿qué haces aquí transformada en lechuza?>

<Tenía que salir de casa.>

<Ah. ¿Y por qué? Si es que quieres contarme, claro.>

<No sé. Nada, nada. Estaba un poco nerviosa, eso es todo.>

Tobías no me respondió, aunque, seguramente se dio cuenta de que le mentía, y se quedó ahí no más, esperando que le contara la verdad, mientras me clavaba sus ojos amarillos, penetrantes como los de un hipnotizador.

Pero yo no quería contarle nada. Supongo que ésa era mi intención original; ¿para qué otra cosa había volado hasta allí? Pero ahora me parecía ridículo molestarlo con mis problemas.

<Estaba pensando que pronto tendremos que bajar otra vez al estanque yeerk> le dije.

<¡No me digas que estás preocupada, porque no te creo!>

<Bueno, a veces yo también me preocupo> me defendí. <Se me ocurrió la idea de ir al zoológico para adquirir una nueva metamorfosis. Un animal muy fuerte y feroz por si tenemos algún problema en la misión; un león, un oso gris, algo así. Pensé que a lo mejor querías acompañarme.>

<Rachel, sabes que no vuelo mucho de noche: no veo muy bien en la oscuridad. Además, a esta hora no hay corrientes cálidas, y no puedo dejarme llevar por el viento. Tengo que aletear todo el tiempo, y el zoológico queda lejos. Si quieres volar, damos una vuelta por acá cerca.>

<Tienes razón.>

<Se me ocurre una idea. ¿Por qué no me dices

47

lo que realmente te preocupa? Te noto rara. No pareces la misma de siempre...>

<No es nada. Perdón por el susto. Creo que mejor me voy a casa.>

<Rachel, sabes que puedes confiar en mí, ¿verdad?>

<Sí, claro. Eh...¿puedo hacerte una pregunta? ¿Alguna vez piensas en el futuro, en cuando nos llegue la hora de ir a la universidad, por ejemplo?> No bien terminé de hablar me arrepentí de haberlo hecho.

Pero Tobías no se burló de mí; sólo se rió en silencio.

<Sí. Creo que me iría muy bien en ornitología, el estudio de los pájaros.>

<Más bien podrías ser el profesor. Lo que quise decir es que, tarde o temprano, la mayoría de nosotros va a irse a vivir a otro lado. ¿Qué haríamos entonces, si los yeerks siguen dando vueltas por el planeta?

Tobías comenzó a arreglarse las plumas. Es algo que los halcones deben hacer de vez en cuando, pero también es un hábito al que recurre cuando se siente molesto.

<En realidad, nunca lo pensé. Pero creo que siempre me imaginé que esta situación se resolvería, para bien o para mal, mucho antes de que llegara ese momento. Si ganan los yeerks, no tendremos que preocuparnos por la universidad. Si pier-

den, volvemos todos a nuestra vida normal. Claro que para algunos esa vida será más normal que para otros> agregó con sequedad.

Durante un rato no pude hablar; estaba demasiado ocupada odiándome por haberle sacado ese tema a Tobías. ¡Justo a él, que ya era una de las víctimas de esta guerra! Él estaba preso dentro de un cuerpo de halcón, ¿y a mí se me ocurría abandonar la lucha?

¿Qué me sucedía? No podía abandonar ahora. ¿Iba a dejar a Tobías en el bosque? ¿Pensaba dejar que mi amiga Cassie siguiera peleando, arriesgando su vida, para poder correr y dar volteretas por el aire? ¿Iba a abandonar a Jake, Marco y Ax? ¿Por qué? ¿Porque mi papá se sentía solo y yo iba a tomar clases de gimnasia?

<Rachel, ¿estás bien?>

No, no estaba bien. Me sentía avergonzada. ¿Qué me pasaba? No podía abandonar el grupo. No podía rendirme ahora.

<Sí, claro que estoy bien> le mentí. <De todos modos, creo que me buscaré alguna arma más potente. Llegó la hora de *El estanque yeerk parte dos: La venganza de los animorphs*, ¿qué me dices?>

<No sé, me parece que en esta batalla no podré participar demasiado> me contestó.

<No te preocupes; yo te conseguiré un hork-bajir para que te entretengas>.

<¿En serio estás bien? Parecías preocupada.>

<Tobías, estoy más que bien. Tengo que irme.>

<Por favor, vuelve directamente a tu casa> me aconsejó.

Extendí las alas y las agité con fuerza, deslizándome por el aire inmóvil de la noche.

Pero no volví a casa. Volé un rato sin rumbo fijo, tratando de aclarar mis ideas, pero me resultó imposible. Y no podía volver así. Sabía que me quedaría en la cama mirando el techo, sin poder pegar un ojo.

Así que giré y me dirigí hacia el sur.

CAPÍTULO 8

Desde el aire, el parque de diversiones no parece el mismo. La montaña rusa no da la impresión de ser tan alta ni da tanto miedo. Y cuando se sobrevuela el área del zoológico, sólo se ven los techos de las distintas galerías de exhibición. El resto parece, a primera vista, sólo un bosque ralo, con caminos de cemento que serpentean por aquí y por allá como una madeja enredada.

Cuando me acerqué, pude distinguir los diferentes hábitats de los animales: la arboleda y el arroyo del tigre; el campo abierto del bisonte, separado de los ciervos por un alambrado alto...

Después fui hacia el sector de los leones. La mayoría dormía bajo un árbol. Una leona daba vueltas, inquieta, como buscando algo.

Me llevó un tiempo encontrar a los osos. No me

51

interesaban los pequeños osos negros, ni los polares. Lo que buscaba eran los osos grises.

Sentía ansias de poder.

Los encontré en un hábitat compuesto por árboles, rocas y un profundo foso lleno de agua alimentado por un arroyo rápido y turbulento.

Eran dos: un macho y una hembra. Estaban dormidos, tendidos sobre las rocas. El macho era el más grande. Eso era lo que yo quería: un animal enorme, poderoso, intrépido. Si iba a regresar al estanque yeerk, deseaba poder transformarme en algo infinitamente peligroso.

¿Irme? ¿Mudarme a otra ciudad? ¿Abandonar la misión? Eso ya estaba descartado.

Imposible.

¿Y papá? Bueno, podría venir a visitarme en cualquier momento. Para eso estaban los aviones, ¿no?

Aterricé y comencé la metamorfosis para volver a mi forma humana. Mis plumas se fundieron, se juntaron y adquirieron un color rosado. Mi pico se fragmentó hasta convertirse en un montón de dientes humanos. Unos dedos normales reemplazaron a las garras. Por dentro, mi cuerpo gorgoteaba, bullía y se revolvía mientras algunos órganos se me hacían más grandes, otros cambiaban y otros reaparecían de la nada.

El oso oyó el ruido que producían mis huesos al estirarse, y el roce de mis plumas que se derretían hasta convertirse en carne. Abrió un ojo y me miró sin mostrar discernimiento ni miedo.

Se notaba que lo alimentaban bien. Hacía muchos años que estaba en el zoológico y ya se había olvidado de la peligrosa vida en el bosque. Yo era algo que olía un poco a pájaro y un poco a ser humano, nada más que eso.

Estiré un brazo humano y tembloroso para tratar de tocar el pelaje áspero del oso gris, que me miró con sus ojos miopes. Yo no era nada para él. No podía hacerle daño. Si lo deseaba, podía destrozarme sin tener que despertarse del todo siquiera.

Ese animal estaba más allá del miedo. Más allá de la duda. Más allá del dolor.

—Esa sí que es vida —le susurré.

Cuando lo toqué, sentí que me transmitía su poder.

Sin embargo, mientras absorbía su ADN y me imaginada convertida en esa criatura feroz, no pude sacarme de la cabeza la mirada de papá, o el temblor de su voz cuando me dijo:

—Pero, ¿sabes una cosa, Rachel? Creo que lo pasaríamos genial.

Ya podía sentir el vacío que habría en mi vida cuando él se marchara. Por más que me prometiera que vendría a visitarme seguido y que no dejaríamos de vernos, yo sabía que no iba a ser así.

Me lo imaginaba haciendo las valijas, listo para irse muy lejos.

Me acordaba de los gritos que había oído en el estanque yeerk.

También pensé en Tobías, tratando de hacer bromas sobre la universidad.

Era demasiado. Las cosas pequeñas y personales y las cosas enormes, todo me daba vueltas en la cabeza. Nada tenía sentido. Tenía demasiado en qué pensar. Demasiado miedo, culpa y soledad. Demasiadas decisiones. Ya no podía soportarlo.

Hay días en que no me siento valiente e intrépida. Hay días en que lo único que quiero es ir a ver un partido de fútbol con papá, comer rositas de maíz y olvidarme de todo lo que pasa a mi alrededor. Ser una chica normal.

Pero ésa no era la vida que tenía. Ya no.

CAPÍTULO 9

La tarde siguiente, tal como habíamos planeado, fuimos al centro comercial por separado. Yo me reuní con Cassie en el patio de comidas.

—Hola. ¡Qué sorpresa encontrarte por acá! —la saludé.

—Ajá.

Representamos una pequeña escena por si acaso nos estuviera vigilando algún controlador curioso, fingiendo que nos habíamos encontrado por pura casualidad.

Después miré la hora.

—Perfecto. Tenemos quince minutos para acercarnos disimuladamente a la tienda de ropa.

—Vi a Jake y a Ax jugando a los videojuegos. Pobre Jake. Ax se vuelve impredecible cuando está transformado en humano. Mientras yo los miraba, trató de comerse una colilla de cigarrillo que había en un cenicero.

Los andalitas no tienen boca ni sentido del gusto. Por eso, cada vez que Ax adquiría la forma humana, se moría por sentir el gusto de las cosas, y trataba de comerse todo lo que se le cruzaba por el camino.

Me imaginé a Ax mordisqueando una colilla de cigarrillo y lancé una carcajada. Me sorprendió que *pudiera* reírme. La verdad es que ésta no era una misión muy estimulante para mí.

Llegamos a la tienda de ropa.

—Marco dice que el acceso está en el último probador —le recordé a Cassie—. Y tenemos que suponer que todos los empleados del local son controladores. Hablando de Marco, ¿habrá llegado a tiempo?

—Seguro —me contestó mi amiga—. Últimamente parece más comprometido con el trabajo.

—¿Ah, sí? ¿Y por qué será?

Cassie se encogió de hombros.

—No sé, la gente cambia. El que me da pena es Tobías, que no puede venir con nosotros. Seguro que se deprime. Aunque, por otro lado, lo envidio.

Asentí con la cabeza. Estaba nerviosa, acelerada. Así me siento siempre que estamos a punto de encarar una misión peligrosa, aunque esta vez era peor. Tengo que reconocerlo: el estanque yeerk me daba miedo. Me daban ganas de vomitar de sólo pensar en ese lugar espantoso. Y no teníamos más remedio que volver allí.

—Es hora de que vayamos al probador. Elige una prenda para probarte —le dije a Cassie.

Ella me miró, perpleja.

—¿Qué, por ejemplo?

Revoleé los ojos. Con Cassie es imposible salir de compras. Les tiene fobia a los centros comerciales.

—Haz de cuenta que eres yo. Busca un suéter o algo así.

Vi que Jake y Ax estaban al otro lado del salón. Siempre causa un poco de sorpresa ver a Ax transformado en humano, porque es una combinación del ADN de Jake, Marco, Cassie y el mío. Es un chico, pero algo afeminado y con un aire muy, pero muy extraño.

Elegí un suéter para Cassie y lo extendí para que lo viera.

—Como si alguna vez fuera a ponerme *eso*. Dice "Sólo limpieza en seco".

Entramos en el anteúltimo probador y cerramos la puerta.

—Empecemos de una vez —dije brevemente.

El grupo había decidido que la mejor forma de acceder al estanque era transformados en cucarachas. La última vez que nos habíamos transformado en esos insectos las cosas no habían resultado bien. Pero las cucarachas eran rápidas y sus sentidos nos servían para nuestros fines. Además, podían pasar inadvertidas.

Yo no sentía muchas ganas de volver a tener un cuerpo de cucaracha. No me gusta convertirme en ningún animal que pueda morir de un pisotón. Además, si *ver* una cucaracha ya es repulsivo, imagínense lo que es *transformarse* en una.

Un momento después miré a Cassie y casi me desmayo. Dos antenas larguísimas le estaban brotando de la frente.

—Dios mío, podías haberme avisado que ibas a empezar.

La metamorfosis no es un proceso ordenado y razonable mediante el cual uno se transforma gradualmente en otra cosa; es mucho más raro que eso. Diferentes cambios ocurren en distintos momentos. Algunas partes del cuerpo aparecen de pronto, otras se desvanecen. Y muchas veces los tamaños no son proporcionados hasta que no se completan todas las etapas.

El primer cambio que sufrió Cassie fue la repentina aparición de las antenas, que salieron disparadas de su frente como si fueran dos cañas de pescar.

Después su piel comenzó a adquirir un aspecto quebradizo.

Al mismo tiempo, las dos empezamos a achicarnos. Cuando uno se achica, parece que se cae: uno ve que las paredes crecen cada vez más, y el suelo nos empuja como si fuéramos un paracaidista bajando en picada.

Por desgracia, como estábamos en un probador, había espejos a ambos lados de la pared.

—¡AHHHH! —grité, horrorizada por la visión inmunda que acababa de presenciar: mi espalda fundiéndose hasta convertirse en dos enormes alas marrones y duras.

Cassie ya era más cucaracha que otra cosa, y no podía ni decirme "shh", pero llevó una de sus manos hacia lo que le quedaba de los labios. En ese instante, brotaron de su estómago sus piernas adicionales, y creo que yo hubiera vuelto a gritar de no ser porque ya no tenía boca.

Mis últimos huesos se disolvieron con un gorgoteo, y después me hundí en mi exoesqueleto.

La ropa se apilaba a mi alrededor como una enorme carpa desarmada.

Ya no veía como un ser humano. Mi visión ahora era vaga, borrosa, fragmentada en miles de pedazos. Por suerte tenía cierta experiencia como cucaracha, y había aprendido a ver con esos.

Además, había algunas compensaciones: las antenas que me habían brotado de la cabeza detectaban vibraciones y olores con una rapidez increíble.

<¿Estás bien?> le pregunté a Cassie.

<Estoy atrapada debajo de mis propios pantalones> me respondió ella. <No, espera. Listo, ya salí.>

59

<Ahora te veo. ¡Ah! ¡Cuidado! La alfombra está llena de alfileres.>

Para dos insectos como nosotras, los alfileres eran gruesas lanzas de acero. Las puntas no se veían muy filosas, y las cabezas parecían grandes como pelotas de voley.

<Bueno, salgamos de aquí> le dije a mi amiga.

Nuestras seis patas nos llevaron rápidamente hasta un rincón, debajo del pequeño asiento triangular.

<Dios mío, este cerebro de cucaracha se muere por correr> comentó Cassie.

<Dímelo a mí> coincidí. Cuando uno se transforma en un animal por primera vez, casi siempre cuesta trabajo adaptarse a sus instintos particulares. Ya en otra oportunidad nos habíamos transformado en cucarachas así que estábamos preparadas, pero la primera vez me había resultado muy difícil dominar el pánico.

Incluso ahora, me estaba costando mantener bajo control los instintos nerviosos de la cucaracha. Todo el tiempo su cerebro me mandaba el mensaje "¡Corre!, ¡Corre!".

A mis oídos llegaron unas vibraciones fuertes, ensordecedoras. Algo enorme se movió sobre nuestras cabezas. Mi vista de cucaracha no me permitió reconocerlo, pero unos segundos después la sombra inició el proceso de metamorfosis.

<¿Quién es?> pregunté.

<Soy yo, Marco. ¿No me reconocen?>

Después vino Ax, que primero debía volver a su cuerpo andalita y después transformarse en cucaracha. Jake juntó toda la ropa que había quedado en el suelo, la guardó en una bolsa y la llevó a uno de los casilleros del centro comercial. Cuando volvió, se transformó él también en cucaracha. Su ropa debía ser sacrificada, abandonada en el probador. Seguramente eso despertaría sospechas, pero peor sería que encontraran cinco mudas de ropa diferentes.

<Muy bien chicos, chicas e insectos> dijo Marco. <Ya pasaron quince minutos, es decir que nos queda exactamente una hora y cuarenta cinco minutos de transformación. Y no me gustaría nada vivir como cucaracha el resto de mis días.>

<Totalmente de acuerdo. Salgamos de aquí> dijo Jake.

Marchamos como un ejército muy pequeño y repugnante hacia el panel divisorio que nos separaba del último probador, ése donde, según Marco, estaba la entrada al estanque yeerk.

<Podemos escondernos debajo del asiento> sugerí.

Una de las ventajas que tiene ser una cucaracha es que uno puede caminar por las paredes. Cuando entramos en el probador, subimos por la pared y nos ocultamos debajo del techo que formaba el pequeño asiento triangular.

Me quedé quieta, de cara a la pared. Las minúsculas espinas de mis patas se aferraban a los pequeños bultos de la pared pintada. Más arriba vi a dos de mis compañeros, estacionados como diminutos autos color café. Sus antenas se movían de un lado a otro igual que las mías para sentir olores y vibraciones.

De pronto, sucedió algo. La puerta del probador se abrió, y entró una figura tan alta que cualquiera habría pensado que se trataba de un rascacielos.

<Tenemos compañía> anunció Marco, como si no nos hubiéramos dado cuenta, como si nuestros pequeños cerebros de cucaracha no nos estuvieran gritando "¡Corre! ¡Huye! ¡Huye!".

Después, oí un *chirrido*.

El espejo del probador se abrió, y me llegó una ráfaga de aire húmedo, con un fuerte olor a minerales. Ya había sentido ese aroma alguna vez. Los recuerdos acudieron a mi memoria, pero eran recuerdos que deseaba poder olvidar.

<¡Vamos!> gritó Jake.

Bajamos por la pared a toda carrera, llegamos a la alfombra y fuimos zumbando hacia la entrada. El controlador caminaba a escasos centímetros de nosotros; sus monstruosos zapatos del tamaño de un edificio se elevaban e iban hacia adelante, desapareciendo de nuestra vista.

Lo seguimos.

La puerta se cerró detrás de nosotros.

<Estamos adentro> dijo Jake.

<Que Dios nos ayude> respondió Marco.

CAPÍTULO 10

Habíamos llegado al estanque yeerk.

El último lugar en la Tierra en el que me hubiera gustado estar.

La primera vez que fuimos al complejo yeerk, bajamos por una escalera increíblemente larga.

Esta vez parecía más una rampa que otra cosa. Descendía suavemente, y era mucho más fácil que bajar por una escalera. Además, para nuestros cuerpos de cucaracha, que apenas si sentían la gravedad, era como caminar sobre el suelo.

La tierra que pisábamos con nuestras patas presurosas estaba marcada por huellas. Cruzábamos depresiones que, según nuestro criterio de cucaracha, tenían varios metros de profundidad.

Dejamos que el controlador se alejara, aun cuando podríamos haber avanzado a la misma velocidad que él. Pero no tenía sentido correr el riesgo de morir aplastados.

La oscuridad era total, aunque a veces veíamos algunas bombitas de luz muy en lo alto, como un sol tenue. Sin embargo, debíamos cerciorarnos de que nadie nos viera. Mis antenas se mantenían atentas a cualquier vibración que pudiera provenir de un controlador.

Seguimos bajando cada vez más, girando y zigzagueando entre paredes de roca.

<Ax, ¿cómo estamos de tiempo?> le preguntó Jake. Ax tiene la capacidad, muy útil por cierto, de llevar un registro exacto del tiempo, aun cuando no tenga reloj.

<Pasaron veintiocho de sus minutos desde que Cassie y Rachel iniciaron la metamorfosis.>

<Bueno, Ax, ahora también son *tus* minutos> señaló Marco, para entrar en conversación. <Quiero decir, estamos todos aquí, en nuestro querido planeta Tierra, donde sólo existe una clase de minuto.>

Teníamos un límite de dos horas para cualquier metamorfosis. Si pasaban dos horas y un minuto, quedaríamos atrapados para siempre dentro de la forma animal, como Tobías. Y, por una vez en la vida, estaba de acuerdo con Marco: realmente no me interesaba quedar transformada eternamente en cucaracha.

<Aquí comienza una escalera> nos anunció Cassie.

Bajamos setenta y cinco escalones.

Por fin sentimos que ya no estábamos rodeados por paredes. El camino nos había llevado a la caverna misma.

Nuestros "ojos" de çucaracha no distinguían nada, pero recordé la primera vez que había visto el estanque yeerk.

Era una enorme caverna subterránea, más grande que uno de esos estadios cubiertos para practicar deportes. Las escaleras y caminos emergían de todos lados, a la altura donde se encuentra la primera fila de asientos en un estadio.

En el centro estaba el estanque mismo, una especie de lago fangoso y turbio que parecía entrar en ebullición con la multitud de babosas yeerk que nadaban dentro de él.

Pero eso no era lo peor.

A orillas del lago habían construido dos muelles. Sobre uno de ellos los controladores —humanos, hork-bajires, taxxonitas y otras especies— expelían a los yeerks de su cabeza. Los guardias hork-bajires vigilaban atentamente mientras cada uno de los controladores se arrodillaba en el extremo del muelle e inclinaba la cabeza hacia la superficie del lago.

Entonces, la babosa yeerk salía deslizándose del oído del huésped y se zambullía en el lago.

Un momento después, uno descubría si el controlador era un huésped "voluntario" o alguien que había sido capturado por la fuerza.

Los huéspedes voluntarios —que habían elegido entregarse a los yeerks— se incorporaban y se alejaban del lago tranquilamente; en cambio, los involuntarios se daban cuenta de que estaban libres del maligno alienígena que se alojaba dentro de su cabeza, de que habían vuelto a tener el control de su mente y su cuerpo. Algunos gritaban; otros rogaban ser liberados.

Unos pocos trataban de escapar. Pero los hork-bajires estaban ahí, los sujetaban y los arrastraban hasta una serie de jaulas, donde esperaban el momento en que serían llevados hasta el segundo muelle.

Allí era donde los yeerks, fortalecidos por su baño en el estanque y nutridos por los rayos kandrona, volvían a deslizarse dentro de sus huéspedes.

Cuando yo tenía pesadillas sobre el estanque yeerk —cosa que me ocurría a menudo— siempre soñaba con ese segundo muelle.

Los huéspedes voluntarios se arrodillaban para que sus cerebros volvieran a recibir a los yeerks.

Los huéspedes involuntarios se resistían, luchaban con desesperación, insultaban. Algunos desafiaban a los hork-bajires a que los mataran.

Volvimos a encontrarnos con una rampa. Hacía rato que nadie decía una palabra cuando comenzamos a descender más y más a lo profundo, cada vez más cerca del estanque.

El recuerdo de la primera vez nos torturaba a todos, salvo a Ax, que no había estado presente.

<Ojalá pudiera ver mejor> dijo Ax. <Me gustaría saber qué es lo que está pasando.>

<Créeme, es mejor así> le respondí.

CAPÍTULO 11

Llegamos al final de la rampa y tocamos el suelo plano de la caverna.

<¿Y ahora qué?> se preguntó Cassie. <Ya usamos al menos tres cuartos de hora.>

<Cuarenta y uno de sus minutos> precisó Ax.

<Muy bien> dijo Jake. <¿Recuerdan que alrededor de la caverna, apartadas del estanque, había una serie de construcciones? La mayoría seguramente son usadas como depósito. Algunas puede ser que alberguen generadores y purificadores de aire. Pero hay otras que podrían ser oficinas, centros de control o incluso la misma kandrona. Necesitamos revisar esas construcciones.>

<Bueno, para eso están los insectos, ¿no?> bromeó Marco.

<Me gustaría haberme transformado en un in-

67

secto con mejor vista> dije. <¿Cómo vamos a hacer para encontrar esas construcciones si no veo ni lo que tengo delante de mi nariz?>

<No necesitamos ver> me respondió Cassie. <Podemos oler. Aquí abajo hay seres humanos. No sé lo que hacen los hork-bajires y los taxxonitas, pero si hay humanos, seguro que en algún lugar comen. Y ahora mismo estoy sintiendo olor a papas fritas.>

Tenía razón. No sé si eran papas fritas, pero no había dudas de que mi cerebro de cucaracha había detectado comida.

<¡Vamos por las papas!> dijo Jake, lanzando una carcajada.

Corrimos a gran velocidad por el suelo polvoriento, y vimos que adelante se erguía una pared. Nos resultó fácil encontrar una grieta. Las cucarachas pueden escurrirse por cualquier hendidura, por minúscula que sea.

Nos invadió una luz brillante y una multitud de sonidos y olores.

<¿Y? ¿Dónde les parece que estamos?> preguntó Marco.

<Siento que estamos parados sobre un piso plástico, un plástico sucio> dije. <Y mis antenas perciben muchas vibraciones, creo que de pies. Y voces. Demasiadas voces para poder identificarlas.>

<Yo huelo humanos> confirmó Ax.

<Los humanos no tienen olor> le contesté, medio en broma.

<Claro que sí> me refutó él. <No es un olor desagradable. Se parece al de un animal que hay en mi planeta que se llama *flaar*.>

<Entonces tenemos papas fritas y humanos> intervino Marco. <¿No será que llegamos al McDonald's del estanque yeerk?>

<Si es un comedor o algo así, sería un buen lugar para escuchar las conversaciones> sugirió Cassie. <A lo mejor, si nos acercamos un poco más y nos escondemos debajo de la mesa, podríamos...>

De pronto, una sombra se abalanzó sobre nosotros. Una cosa enorme nos bloqueaba la intensa luz fluorescente.

<Ése... ése no es olor a humano> dijo Ax.

<Yo también lo huelo> afirmé. <Me resulta conocido. No me gusta. Es...es algo que ya olí alguna vez... Lo que pasa es que no puedo conjugar mi memoria humana con mis sentidos de cucaracha. Huele a...>

<¡Un taxxonita!> exclamó Cassie. <Miren ahí, esa cosa enorme que parece un árbol. ¡Creo que es la pierna de un taxxonita!>

<Ay, qué horrible. Odio a esos alienígenas> dije.

<¡CUIDADO!>

Algo que parecía un látigo de color rojo y brillante se precipitó desde el cielo fluorescente a una velocidad increíble.

Preparé mis seis patas para salir disparando.

¡Pero era demasiado tarde!

El látigo rojo golpeó el suelo y cayó sobre mí como una horrenda manta húmeda. Un líquido pegajoso brotaba a mi alrededor, filtrándose debajo de mi caparazón, pegoteando mis patas.

<¡Nooo!> grité.

<¡Estoy atrapado!> chilló Marco.

Alguien me levantó del suelo. Yo tenía la espalda pegada al látigo rojo, y estaba volando por los aires. Mientras me zarandeaban de un lado a otro me di cuenta de que mis amigos estaban en la misma situación.

<¿Qué está pasando?> preguntó Cassie a los gritos.

<Es el taxxonita> contestó Ax. <¡Creo que está a punto de devorarnos!>

Estábamos pegados a la horrible lengua del taxxonita, y la maligna criatura comenzaba a introducir la lengua dentro de la boca.

<¡No puedo despegarme!> exclamó Jake.

En un instante, sin previo aviso, la muerte había venido a buscarnos.

Quedé ahí inmovilizada, impotente, sobre esa lengua roja que el taxxonita volvía a meter dentro de su boca.

Entonces...

Entonces, todo se detuvo.

CAPÍTULO 12

La lengua roja y pegajosa del taxxonita dejó de moverse.

Pero no era sólo eso. Mis antenas no sentían ya ni una vibración. No había ningún ruido, ningún olor. El mismo aire se había quedado inmóvil.

En ese momento, sin que yo lo decidiera así, comencé a transformarme en humano otra vez.

<¿Qué sucede?> les pregunté a los demás.

<Me estoy transformando> anunció Cassie. <Pero ésa no era mi intención.>

<¿Estaremos muertos? ¿Será una especie de alucinación?> sugerí.

<Si es una alucinación, yo también la tengo> dijo Jake.

Mi cuerpo creció a una velocidad increíble. Mis patas centrales de cucaracha se achicaron y desaparecieron. Las de atrás se hincharon y se cubrieron de piel.

Me caí de la lengua del taxxonita y fui a parar al suelo; ya era demasiado grande y pesada para quedar sostenida en una lengua.

Me aparecieron los dedos de las manos y de los pies. Mis ojos humanos se abrieron.

Miré a mi alrededor, más confundida que nunca.

Mis amigos estaban allí. Todos habíamos vuelto a ser humanos; estábamos descalzos y vestidos con la ropa ajustada que usábamos para las metamorfosis, como siempre que terminábamos una misión.

Ax había vuelto a su cuerpo andalita, lo cual hacía aún más extraña la escena.

Nos encontrábamos adentro de una habitación y, tal como nos habíamos imaginado, era un comedor. A un lado había una cocina. En el centro se veía un grupo de mesas largas.

La gente estaba sentada a la mesa, comiendo. Aunque, en realidad, no comían. Sostenían los tenedores delante de la boca. Miraban los platos de comida. Se preparaban para decir algo. Sostenían tazas de café.

Pero nadie se movía.

Nadie respiraba.

El vapor que se elevaba de las tazas de café estaba congelado e inmóvil como en una foto.

—Bueno, ya es hora de despertar —dijo Marco—. Este sueño se vuelve cada vez más extraño.

—Miren. Hork-bajires —señalé.

Dos hork-bajires estaban parados junto a la puerta. Yo nunca había visto un hork-bajir inmóvil. Aun cuando estuvieran congelados daban terror: unas figuras gigantescas con brazos, piernas, cabeza y cola en forma de cuchillo. Cuchillas con patas, como decía Marco. Navajas de afeitar que caminaban.

Y también estaba el taxxonita que había estado a punto de comernos. Era un ciempiés monstruosamente grande, y grueso como un caño de cemento. En la parte superior de su cuerpo de gusano tenía una boca grande y roja. Su larga lengua le colgaba en el aire.

—Tengo una idea —dijo Marco—. Aun cuando esto sea un sueño, ¿qué les parece si salimos corriendo?

—Totalmente de acuerdo— coincidí.

—¡MUÉVANSE! —gritó Jake.

Disparamos hacia la puerta del comedor y salimos al vasto y amenazante espacio de la caverna.

Ahí también se había congelado todo. La superficie del estanque yeerk estaba inmóvil. Los humanos y hork-bajires que eran huéspedes involuntarios estaban solidificados en sus jaulas, gritando y llorando sin ningún sonido ni movimiento.

En el muelle de infestación, había una mujer inclinada hacia el estanque, sostenida por un hork-bajir. Un gusano yeerk estaba a punto de salir de su oído. La mujer lloraba, y sus lágrimas se habían congelado sobre sus mejillas.

Después vi que algo se movía. Una única cosa viviente en esa pavorosa quietud.

Era un chico alto, delgaducho. Tenía el pelo todo desordenado, como si no se lo hubiera peinado nunca en su vida.

—Ah... —susurré—. Ah... ¡miren! ¡Es Tobías!

Mis compañeros se volvieron para mirarlo.

Tobías se encogió de hombros, y levantó las manos para observar sus dedos.

—Soy yo —dijo, dubitativo—. Mi antiguo cuerpo. No puedo creerlo.

Corrí hacia él. No sé muy bien por qué; sólo quería tocarlo, comprobar que no era un sueño.

—¡Ah! ¡Ah! ¡Ah! —chilló. Dio un paso hacia atrás y comenzó a agitar sus brazos con desesperación.

Estaba aleteando, tratando de escapar. Quería salir volando porque yo lo había asustado.

—Disculpa —le susurré, muerta de vergüenza—. Perdóname.

Lo rodeé con mis brazos y lo abracé.

—¿Tobías, qué está ocurriendo? —le pregunté.

—No sé. Estaba volando... y de pronto me encontré aquí. Con mi cuerpo humano.

<El tiempo se ha detenido> dijo Ax. <Para todos menos para nosotros. Puedo sentirlo.>

—Algo anda muy, pero muy mal —observó Cassie en tono sombrío—. ¿No será un truco de Visser Tres?

74

<Ésta no es tecnología yeerk; de eso estoy seguro> señaló Ax. <Esto es muy superior a cualquier cosa que puedan hacer ellos. Incluso, muy superior a cualquier cosa que podamos hacer nosotros, los andalitas.>

¿Yo habría oído bien? ¿Un andalita hablaba con humildad?

—¡Ahhhhh! —gritó Marco.

La voz vino de todos lados a la vez. Y de ninguno. En realidad, no era una voz. Ni siquiera era lenguaje telepático. Era más bien una idea que simplemente surgía dentro de cada cabeza. Las palabras explotaban como globos dentro de los propios pensamientos.

Me di vuelta buscando al enemigo, lista para luchar si era necesario.

No temas, Rachel. No hay ningún peligro.

—¡Sabe tu nombre! —murmuró Tobías.

Miré a Ax, que se había quedado inmóvil. No estaba congelado como todo el mundo a nuestro alrededor; estaba espantado, temblando de miedo.

Parece que aximili-esgarrouth-isthill ya se dio cuenta de quién soy.

<¡Elimista!> gritó Ax.

No tengan miedo. Apareceré en una forma física que puedan entender.

El aire frente a mí... no, no enfrente sino atrás. Al lado. Alrededor. No puedo explicarlo. El aire sencillamente se abrió, como si hubiera una puerta en la nada, como si el aire fuera sólido y... realmente me resulta imposible de explicar.

El aire se abrió, y apareció él.

Era humanoide: dos brazos, dos piernas, una cabeza en el lugar que corresponde...

Su piel emitía un brillo azul, como si todo él fuera una bombita de luz que habían pintado adrede para que iluminara de ese color.

Parecía un anciano, pero tenía una energía muy intensa que no denotaba fragilidad. Su pelo era largo y blanco; sus orejas eran dos puntos hundidos; sus ojos, dos agujeros negros que parecían estar llenos de estrellas.

—Soy un elimista —se presentó. Ahora hablaba con una voz real. —Tal como se imaginó su amigo andalita.

A Ax le temblaban tanto las piernas que parecía que iba a caerse en cualquier momento.

—Tranquilo, andalita —dijo el elimista—. Mira a tus amigos humanos. Ellos no me tienen miedo.

<Porque no saben lo que eres> logró decir Ax.

El elimista sonrió.

—Tú tampoco. Lo único que conoces de mí son las historias que les cuentan a los niños en tu planeta.

—Bueno, ¿qué les parece si nos dicen quién o qué eres? —intervine. No estaba del mejor humor. Era terriblemente extraño y perturbador estar rodeada por controladores humanos, hork-bajires y taxxonitas, en el centro mismo del territorio enemi-go. Es cierto, estaban todos congelados, pero eso podía cambiar de un momento a otro.

Para ser sincera, estaba muerta de miedo. Y cuando tengo miedo, me pongo furiosa.

El elimista me miró.

—Jamás podrías entender lo que soy.

<Son todopoderosos> dijo Ax simplemente. <Pueden viajar un millón de años luz apenas en un instante. Pueden hacer desaparecer mundos ente-ros, y detener el tiempo.>

—Éste no parece tan poderoso —comentó Mar-co, escéptico.

<No seas tonto> le replicó Ax. <Ése no es su cuerpo. En realidad, no tiene cuerpo. Puede estar en todos lados al mismo tiempo. Dentro de tu ca-beza, dentro de este planeta, dentro de la estructu-ra del espacio y el tiempo.>

—Cuéntanos para qué viniste hasta aquí —le preguntó Jake al elimista—. ¿Por qué hiciste todo esto? ¿Por qué trajiste a Tobías?

—Es evidente que descubriste nuestras meta-morfosis —dijo Marco—. Sabías quiénes somos, hasta sabes nuestros nombres. Y ahora nos reunis-te a todos aquí. ¿Por qué?

—Porque deben decidir.

—¿Decidir qué? —le pregunté.

—El destino de su raza. El destino de la raza humana.

77

CAPÍTULO 13

—Ah, ¿eso es todo? —preguntó Marco—. Nada más que el destino de la raza humana. ¿No se te ocurre algo un poco más emocionante?

Pero el elimista no le prestó atención.

—Por lo general, no interferimos en los asuntos de otros seres —explicó—. Pero cuando alguna especie se encuentra en peligro de extinción, tratamos de salvar a unos pocos miembros. Eso es porque amamos la vida. Toda la vida, sobre todo la de especies con capacidad de raciocinio, como los homo sapiens. Éste es un planeta muy hermoso. Una verdadera obra de arte.

—Se ve que nunca fuiste a nuestra escuela —dijo Marco, que a pesar de todo seguía haciendo sus ridículos chistes.

De pronto, sin previo aviso, el elimista volvió a hacer lo mismo de antes: abrió el espacio.

Ya no estábamos parados junto al estanque yeerk. Ni siquiera estábamos bajo tierra.

Nos encontrábamos bajo el agua, y a gran profundidad. Sin embargo, parecía que el agua no me tocaba la piel. Y cuando respiraba, había aire. Aun así, no podía evitar que el miedo me erizara los pelos de la nuca.

Mis amigos y yo —Tobías todavía con su cuerpo humano— estábamos en medio del océano. Suspendidos en el agua, pero secos. El elimista había desaparecido.

Flotábamos sobre un arrecife de coral, y todo había vuelto a moverse alrededor.

Por todas partes nadaban cardúmenes de peces que se desplazaban a gran velocidad. Peces de todas las formas y colores, cuyos cuerpos reflejaban la luz iridiscente del sol. Los tiburones andaban al acecho. Las rayas parecían volar. Los calamares palpitaban. Los cangrejos se escondían entre magníficas extensiones de coral. Unos atunes grandes como ovejas pasaban a nuestro lado. Un grupo de delfines sonrientes y veloces nadaban a toda velocidad en busca de su próxima comida.

¡QUÉ BELLEZA!

Una vez más la voz del elimista pareció surgir desde el fondo de mi corazón.

¡QUÉ BELLEZA!

Y después, con la misma rapidez con que nos habíamos sumergido en el océano, comenzamos a flotar sobre los pastizales ondulantes y dorados de

79

la sabana africana. Un grupo de leones remoloneaba bajo el sol, con expresión adormilada y satisfecha. Los antílopes, gacelas e impalas pastaban y luego se lanzaban a correr y saltar con tal desenfreno, que uno no podía sino sonreír ante esa energía fenomenal.

Había hienas, rinocerontes, elefantes, jirafas, leopardos, mandriles, cebras... Los halcones, águilas y buitres describían círculos en el aire.

MÍRALO BIEN.

Al instante siguiente, estábamos en medio de la jungla. Un ágil jaguar acechaba mientras un grupo de monos chillaban entre el denso follaje. Unas víboras largas como personas se deslizaban por las ramas de los árboles. El aire rezumaba el perfume intenso de miles y miles de flores. Oíamos el ruido de los sapos, insectos y monos, además de los chillidos salvajes de las aves.

EN TODO EL UNIVERSO, NO EXISTE MAYOR BELLEZA.

EN MILES Y MILES DE MUNDOS, NO EXISTE UNA OBRA DE ARTE COMO ÉSTA.

Después, el elimista nos mostró la raza humana.

Volamos, invisibles, sobre la jungla de cemento: la ciudad de Nueva York.

Flotamos sobre pequeños poblados en la ribera de los ríos selváticos. Pudimos ver un concierto de rock en Río de Janeiro, una reunión política en Seúl, un partido de fútbol en Durban, un mercado callejero en las Filipinas.

LOS SERES HUMANOS. IGNORANTES. PRIMITIVOS. PERO CAPACES DE COMPRENDER.

De pronto, cesó todo el movimiento. Estábamos frente a un cuadro que me resultó conocido.

Era un violento remolino de colores. Representaba unas flores de color púrpura, creo que lirios, aunque no sé demasiado de flores. El pintor había contemplado la belleza de esas flores y pudo plasmar una parte de esa belleza en la tela.

CAPACES DE COMPRENDER.

Después, sin darnos cuenta, regresamos al estanque yeerk.

Las imágenes habían desaparecido. Una vez más estábamos en la tierra de las pesadillas, rodeados por imágenes congeladas del horror.

El elimista —o al menos el cuerpo que éste había adoptado para que pudiéramos verlo— reapareció.

—Fue un hermoso viaje —le dije. Quería parecer fuerte, pero en realidad me sentía como si me hubiera pasado un camión por encima, como si mi mente hubiera explotado en miles de astillas refulgentes. Estaba abrumada. —Pero, ¿qué es todo esto?

—Los seres humanos son una especie en peligro de extinción. Pronto no quedará más rastro de ustedes en el planeta.

Se me ocurrieron unas cuantas cosas para decir, pero no dije nada. Ninguno dijo una palabra.

—La raza yeerk también tiene capacidad de raciocinio —continuó el elimista—. Y su tecnología es más avanzada que la de ustedes. Seguirán infectando a los humanos. Los andalitas intentarán detenerlos, pero fracasarán. Los yeerks ganarán la guerra. Y muy pronto los únicos humanos vivos en el planeta serán los que ustedes llaman controladores.

Me quedé sin aliento. Hablaba de tal forma que... era imposible replicarle. No podíamos decirle absolutamente nada. Pronunciaba cada palabra con una certeza absoluta.

Él no estaba suponiendo: lo *sabía*.

Sabía que íbamos a perder.

CAPÍTULO 14

Unos momentos antes, cuando el taxxonita se disponía a tragarnos, me había sentido aterrorizada. Temía por mi propia vida y la de mis amigos.

Ahora, mientras el estanque yeerk permanecía congelado en el tiempo, sentí un miedo más profundo. La cabeza todavía me daba vueltas por todas las imágenes que nos había mostrado el elimista.

—¿Y vienes hasta acá nada más que para decirnos que estamos fritos? —logré preguntar.

—Queremos hacerles un ofrecimiento —respondió el elimista—. Verán, podemos salvar una pequeña muestra de la raza humana. Tenemos un planeta donde los podríamos volver a ubicar, a ustedes... a algunos miembros de sus familias y unos pocos más, elegidos para lograr una buena muestra genética. También incluiríamos algunas especies terres-

83

tres no humanas que nos interesan particularmente.

Me sorprendió oír que Cassie reaccionaba con una carcajada.

—Se parece a un ambientalista, eso es lo que es. Nosotros somos las lechuzas manchadas, los rinocerontes, las ballenas. Somos la especie en peligro de extinción, y él es el ambientalista que trata de salvarnos.

—Tenemos un planeta reservado para ustedes —siguió diciendo el elimista—. Se parecerá bastante a la Tierra. Tendrán libertad para evolucionar en forma natural, como debería hacerlo su especie.

—Esto es una locura —comentó Marco—. Me hace acordar al arca de Noé. Se viene el diluvio yeerk, ¡todos a bordo!

—No —interrumpió Tobías, mirando fijamente al elimista—. Es un zoológico. Eso es lo que nos tiene reservado… un zoológico.

—No les imponemos nuestra voluntad a las especies con capacidad de raciocinio —replicó el elimista—. La decisión está en sus manos. Los he elegido para que decidan porque sólo ustedes, de todos los seres humanos libres, saben lo que está pasando. Deben decidir si se quedan en la Tierra y libran una batalla que de seguro perderán, o si dejan este planeta atrás y pasan a formar parte de una nueva colonia de humanos.

—¿Cuánto tiempo tenemos para decidir? —preguntó Jake.

—Tienen que decidirlo ahora.

—¿Qué? —salté yo—. ¿Qué es eso de que tenemos que decidir *ahora?*

Más que una locura era una pesadilla. Ni siquiera podía ser real. Me lo estaba imaginando todo.

—Si deciden que la respuesta es sí, ustedes y algunos de sus familiares cercanos serán instantáneamente transportados a su nuevo hogar. Si la respuesta es no, volveré a poner todo como estaba cuando interrumpí el fluir del tiempo.

—¿Quieres decir que estaremos de nuevo convertidos en cucarachas cayendo por la garganta de ese taxxonita? —pregunté.

—Todo como estaba antes —dijo el elimista—. No es nuestro propósito interferir.

Miré a Tobías, pero su rostro no reflejaba nada. Tal vez se había olvidado la manera de mostrar sus emociones.

—¿Y nuestro amigo Tobías? —preguntó Cassie en voz baja.

—*Todo* como estaba antes —repitió el elimista.

—Ah, pero qué justo que eres —soltó Marco—. ¿Nos preguntas esto en el momento en que estamos a punto de convertirnos en el almuerzo de un taxxonita?

—Es ridículo —dijo Jake, enojado—. No puedes decirnos como si tal cosa que debemos tomar una decisión como ésta. No somos los que deberían decidir esto. Quiero decir, tal vez estés tratando de hacer lo correcto para ayudarnos, pero esto es una insensatez.

<A los elimistas no les importa si es justo o no> afirmó Ax. <Los elimistas te hacen elegir entre opciones que en realidad no son opciones. De esa manera, pueden sostener que no interfieren. *Simulan* que fue una decisión humana.>

Era difícil disentir con Ax. El elimista había manipulado totalmente la decisión. Darme cuenta de eso me daba ganas de oponerme. El elimista quería que dijéramos que sí, que abandonáramos la lucha contra los yeerks.

Y sin embargo... un lugar donde estaríamos en paz, un lugar donde se acabarían las guerras, donde podríamos ser chicos normales, sin tener que tomar más decisiones, sin más batallas.

El elimista había dicho que estaríamos con algunos de nuestros seres queridos. ¿Con quiénes? ¿A quiénes salvarían?

—Yo voto que no —dijo Tobías, desafiante y furioso—. Me estás utilizando, estás utilizando el afecto que mis amigos sienten por mí como arma. Y no voy a permitirlo.

—Primero pensémoslo un poco más, Tobías —rogó Cassie—. Es decir, no es cuestión de que, porque estemos enojados... Esta decisión afectará a toda la raza humana, ¿lo entienden? El elimista dice que la humanidad se está por *extinguir*.

—Tobías, tú en lo personal tienes mucho que

perder —le recordó Jake—. Si decimos que no, volverás a tu cuerpo de halcón.

—Entonces tenemos dos votos por el no, Tobías y Rachel, y un voto por el sí, Cassie —dijo Marco.

Pero yo *no había* votado. Marco simplemente había dado por sentado... y con un desagradable retortijón de estómago me di cuenta de que tenía razón. Marco tenía razón con respecto a mí. Tenía que votar por el no. Si Tobías estaba dispuesto a seguir luchando, con todo lo que tenía para perder, yo no podía hacer menos.

—Lo que quiere este tipo es que huyamos —sostuve—. Quiere que abandonemos a nuestra gente y a nuestro planeta así nos salvamos nosotros y las personas que nos interesan.

Con Tobías nos miramos a los ojos, y apareció en los suyos una tenue chispa de su vieja sonrisa humana.

<Ésta es una decisión que deben tomar los seres humanos> opinó Ax. <Yo lucho contra los yeerks, sigo al príncipe Jake. Pero no confío en este elimista, por grandioso que sea su poder.>

—Chicos, sé cómo se sienten —afirmó Cassie—, pero *piénsenlo bien.* Puede que ni siquiera salgamos con vida de ese estanque yeerk. Y si morimos, ¿qué posibilidad les queda a los humanos en la lucha contra los yeerks? Y de todas formas, él dice que los humanos van a perder. ¿No es mejor salvar a *algunos* humanos en lugar de perderlos a *todos?*

Jake y Marco aún no habían votado. Me di cuenta de que estaban mirando hacia el edificio de donde habíamos venido. Y más allá del edificio, hacia lo que parecía una alta columna circular que se elevaba hasta el techo rocoso de la caverna.

La columna estaba hecha de una mezcla de acero y vidrio transparente. Dentro de la columna, había una controladora humana que parecía congelada en el aire. Daba la impresión de que había estado cayendo por el largo tubo.

O que, de lo contrario, estaba volando hacia arriba.

¡Un tubo de traslación! Habíamos utilizado uno a bordo de la nave nodriza yeerk. Era una especie de ascensor que funcionaba con alguna fuerza invisible y permitía que uno cayera sin peligro de un nivel a otro.

Pero, ¿iba tanto para *arriba* como para *abajo*? Ésa era la duda. ¿La controladora humana que estaba en el tubo bajaba o subía?

Jake me miró con una ceja arqueada. Volvió a mirar hacia la columna para cerciorarse de que me hubiera dado cuenta.

Observé a la controladora congelada con atención. Tenía el pelo largo hasta los hombros. Si hubiera estado cayendo, el pelo habría estado tirado hacia arriba, pero lo tenía alrededor del cuello.

—Señor elimista —dijo Marco—, gracias por su ofrecimiento, pero no. No creo que quiera formar parte de su zoológico. Y no me gusta que me presionen de esta manera. Me alegra que le guste el planeta Tierra, pero lo cuidaremos lo mejor que podamos.

Con esto había cuatro votos en contra: Marco, Tobías, Ax y yo. Lo contaba a Ax aunque él había dicho que la decisión no le concernía.

Cassie era la única que estaba a favor.

—Todos ustedes saben que cuido un montón de animales enfermos. Siempre me tienen miedo, a pesar de que trato de ayudarlos. ¿Somos valientes al decir que no? ¿O sólo somos unos tontos al oponernos a alguien que trata de salvarnos?

Lo que dijo me hizo pensar. Azorada, recordé los documentales que había visto. Me acordé de uno en el que varios ambientalistas intentaban apresar a unos tigres. Intentaban llevarlos a una reserva natural donde estarían a salvo. Los tigres están casi extintos, y los humanos trataban de salvar a algunos.

Pero los tigres se resistían. Gruñían, luchaban y evitaban las redes que se proponían aprehenderlos.

¿Nosotros estábamos haciendo lo mismo? ¿Éramos animales al borde de la extinción que se resistían frente a un ser que había venido a salvarlos?

Me pregunté si debía cambiar mi voto, salvarme, salvar a mi familia. ¿Qué dirían *ellos* si tuvieran que votar? ¿Mi mamá? Ella nunca pondría en peligro la vida de sus hijos, votaría que sí.

¿Y mi papá? ¿Y si mágicamente nos transportaran a todos juntos a un lugar seguro y yo tuviera que explicarle lo que había hecho... que había votado para salvarnos a nosotros y renunciar a la lucha? ¿Qué pensaría de esa decisión?

—¿Sabes lo que me molesta? —oí que le decía Jake al elimista—. Que dices que la raza humana va a perder contra los yeerks, pero no creo que puedas predecir el futuro. Ni siquiera sabes cómo vamos a votar. Si lo supieras, no te molestarías en estar acá, ¿no es cierto? —Jake nos miró a cada uno.

Cassie sonrió con tristeza.

—Si ustedes votan por quedarse, yo también.

Jake estiró el brazo y le tomó la mano.

—Señor elimista, creo que ya tiene su res...

—...puesta.

En el acto, estuvimos de nuevo transformados en cucarachas.

SI SOBREVIVEN, VOLVERÉ A PREGUNTARLES.

SI SOBREVIVEN...

El látigo rojo de la lengua del taxxonita me mantuvo apretada hacia abajo, ¡indefensa!

<¡Vuelvan a transformarse! ¡Vuelvan a transformarse!> oí que gritaba Jake dentro de mi mente.

No fue necesario que me lo dijeran dos veces.

Muerta de miedo, me concentré en mi propio cuerpo humano. De repente, todo a mi alrededor se oscureció.

<¡Estamos en el interior del taxxonita!> exclamé.

<¡Concéntrense en la metamorfosis!> gritó Ja-

91

ke. <Saldremos de acá adentro con una gran explosión.>

Un chorro de líquido quemante, una especie de marejada, me barrió de la pegajosa lengua. Salí dando tumbos, ciega y asustada, hundida en esa sustancia caliente y viscosa.

Pero al mismo tiempo, sentí que estaba creciendo. Mis antenas de cucaracha se frotaron contra algo que tenía muy cerca: otra cucaracha, pero más grande que lo normal.

<¡Metamorfosis en curso!> gritó Cassie.

<¡Acá también!> le respondí.

Todo se cerraba a mi alrededor. Los cuerpos de los demás me apretaban a medida que nos íbamos transformando de nuevo en humanos. Sentí que las entrañas del taxxonita se contraían al tratar de digerir esa comida mortal que iba creciendo.

Se me estaban formando de nuevo los pulmones humanos, y a medida que crecían comenzaron a necesitar aire.

¡Me estaba asfixiando! Mi cuerpo no resistía tanto como el de la cucaracha.

<¡Aire!> oí que gritaba Marco. <¡No puedo respirar!>

<Sigue transformándote> indicó Jake. <Haremos que este gusano reviente.>

<Ya se me volvió a formar la cola> informó Ax. <¿Quieren que...>

<¡SÍ!> exclamó Jake. <¡Hazlo!>

La oscuridad que nos envolvía se abrió de improviso. Vi fugazmente que la cola con forma de guadaña de Ax abría al taxxonita desde adentro.

¡Aire! Los pulmones se me llenaron de aire, un aire apestoso, viciado y hediondo, pero aire al fin.

Salimos del estómago del taxxonita con una explosión, envueltos en sus tripas y cubiertos por una sustancia pringosa de color verde azulado.

Todavía no estábamos del todo transformados en humanos; aún éramos una horrible mezcla de humano e insecto, pero estábamos acelerando nuestra metamorfosis lo más posible.

¡Aire! Lo aspiré con mis pulmones a medio formar.

El taxxonita yacía destripado y hediondo a nuestro alrededor. El comedor lleno de controladores humanos que cenaban ya no estaba congelado por el elimista.

Ahora estaban petrificados por la más absoluta incredulidad.

—¡Huyamos! —grité—. ¡Antes de que reaccionen!

Salimos corriendo. Patinando y resbalándonos sobre las tripas del taxxonita, formando aún los últimos dedos de las manos y los pies, nos lanzamos hacia la salida.

—¡Atrápenlos! —gritó una voz humana—. ¡Atrápenlos, idiotas, o Visser Tres los comerá vivos!

De pronto, con un rugido, los controladores humanos se levantaron de sus asientos.

Un hork-bajir sentado cerca de la puerta se movió rápidamente para cortarnos el paso. Ax blandió la cola con cegadora velocidad y le dio al hork-bajir en el hombro.

—¡Diríjanse al tubo de traslación! —exclamó Marco mientras abría el paso hacia la salida.

—Todos salvo Ax, si pueden transformarse de nuevo, *¡háganlo!* —gritó Jake mientras corríamos en dirección al tubo—. ¡Precisamos animales con más fuerza!

No necesitaba que me lo dijeran. El único de nosotros que tenía cierta capacidad innata para luchar era Ax. Yo ya estaba concentrándome en el oso cuyo ADN había adquirido con anterioridad.

En parte sabía que era una estupidez y que debía transformarme en un elefante o un lobo. Conocía bien ambas metamorfosis, y podía manejarlas. Pero también sabía que el elefante quizás no entrara en el tubo, y además quería más poder.

¡Buuummmp!

Algo me derribó y caí al piso despatarrada.

Tenía un hombre sobre mí. ¡Un hombre adulto se me había tirado encima! Por algún motivo, eso me sacó de quicio. ¿Qué clase de sinvergüenza lastimaría a una niña que tiene la mitad de su tamaño?

Ya sabía la respuesta, por supuesto. Sabía que el hombre no era en realidad un hombre, sino un controlador. El yeerk que tenía en la cabeza no sabía nada sobre caballerosidad, ni le importaba.

El hombre se inclino sobre mí y comenzó a estrangularme con las manos.

Un instante después, el tipo tenía sólo una mano.

—¡Aaaaaaaaayyyyyyyyy! —gritó, cayendo hacia atrás.

—Gracias, Ax —dije.

<Estamos atrapados> replicó.

Miré por sobre su hombro y vi que los todos demás habían logrado llegar hasta el tubo de traslación, a unos treinta metros de distancia. Pero entre nosotros dos y ellos había un pequeño ejército de controladores humanos y hork-bajires.

En ese momento, Marco y después Cassie fueron transportados hacia arriba por el tubo. Sólo faltaba Jake, que nos miró con expresión horrorizada.

—¡Jake, SAL de aquí! —le grité—. ¡No te preocupes por nosotros!

Varios de los controladores comenzaron cerrarse sobre Jake, pero la mayoría sólo tenía ojos para Ax. Veían que era andalita, el enemigo mortal de todos los yeerks. No sé qué pensarían que era yo, con tripas del taxxonita aún chorreándome por todos lados.

De pronto, dos o tres guerreros hork-bajires se lanzaron hacia nosotros. Sus brazos de cuchillas cortaron el aire. Se nos vinieron encima como si fueran motosierras de alta velocidad.

¡Y Ax atacó!

Pero los hork-bajires eran demasiado veloces.

<¡Aaaaaahhhhh!> se quejó Ax cuando le abrieron un profundo corte en el costado.

El andalita atacó una y otra vez, moviendo su cola de escorpión con tanta rapidez que casi no se la veía. Los controladores humanos se mantenían a una prudente distancia, temerosos de resultar lastimados tanto por el furioso hork-bajir como por Ax. Pero se estaban acumulando más hork-bajires, y Ax iba perdiendo terreno.

Y en ese momento... me di cuenta de que ya no tenía miedo.

Una profunda confianza se había acumulado en mi interior. La más absoluta confianza, el más arrojo más total.

Me di cuenta de que ya no estaba parada, sino en cuatro patas. Cuando bajé la vista esperando ver mis dos manos apoyadas en el suelo, vi en cambio unas enormes zarpas.

Me cubrí de un áspero pelaje de color marrón oscuro, y me surgieron unas garras negras, cada una como la punta de una lanza.

Me había transformado en el oso, y lo que sentía era *su* confianza, *su* absoluta falta de miedo.

Me había convertido en un animal que nunca, en mil generaciones de osos grises, había sentido un instante de miedo verdadero.

De repente, sentí un terrible dolor en el hombro: uno de los hork-bajires me había cortado. Lo busqué con mis ojos miopes pero no vi nada salvo una gran mancha borrosa.

Como era la primera vez que me transformaba en oso, no sabía controlar su cerebro ni sus instintos. Descubrí que la mente del oso se centraba en un solo hecho básico: que lo habían desafiado.

Y ante el desafío, cabía una sola respuesta: ¡atacar!

—¡Gggggrrrrrrrrr! —rugí, y cargué contra el hork-bajir.

Volvió a herirme, pero no me importó. Me lancé sobre él con mis cuatrocientos kilos de oso gris muy enojado.

¡Qué poderosa me sentía!

¡Era como un camión que iba a ciento veinte kilómetros por hora!

¡Una especie de tanque!

Era el animal carnívoro más grande del planeta, y nada, ¡NADA que me desafiara vivía luego para contarlo!

Con la limitada visión del oso, casi no distinguía al hork-bajir, pero sí lo olía y lo sentía, así que estiré mi enorme garra y lo golpeé en pleno pecho. Le di un golpe tan fuerte que hubiera podido hacer descarrilar a un tren.

El hork-bajir salió volando.

Pero vinieron más.

Y más hork-bajires descubrieron por qué la especie gris recibe en latín el nombre de *horribilis.*

97

Casi no recuerdo lo que pasó después. Lo único que sé es que me entregué a la ira del oso, y que su furia y la mía se convirtieron en una sola. Toda la tensión que se había acumulado en mi interior, toda la inseguridad, todas las dudas desaparecieron cuando me rendí ante la violencia del oso.

Recuerdo que en algún punto, Jake se transformó en tigre y se unió a la lucha. Además, tengo en la memoria imágenes fugaces de una terrible destrucción, de zarpas que desgarraban y fauces que destrozaban.

Sin embargo, el siguiente recuerdo nítido que me quedó fue el de estar volando hacia arriba por el largo tubo, mientras oía la voz de Jake dentro de mi cabeza que me decía:

<Rachel, vuelve a transformarte, ¡vuelve a transformarte! ¡Estás fuera de control! ¡Estás FUERA de control! ¡Transfórmate!>

Yo lanzaba salvajes manotazos al aire con la intención de matar al tigre que iba suspendido sobre mí en el tubo de traslación, es decir, tratando de matar a Jake.

Luego sentí como si me hubiera despertado de golpe de un sueño.

Lentamente, a medida que subíamos hacia la superficie, dejé atrás mi forma de oso y volví a ser yo misma.

CAPÍTULO 16

El vertiginoso ascenso por el tubo pareció durar una eternidad.

La estructura de vidrio se metía en la roca sólida. A medida que iba subiendo, me desprendí de lo último que quedaba de mi cuerpo de oso. Poco a poco me iba volviendo la capacidad de razonamiento humana, pero aún estaba confundida y desconectada de lo que sucedía.

Hasta que, repentinamente, me encontré en lo alto del tubo. Cuando pisé el suelo de concreto sólido, vi que ya estaban ahí todos los demás. Ax trataba de adoptar su forma humana, pero no le era fácil porque las metamorfosis son muy cansadoras. Pasar rápidamente de una forma a otra más de una vez te hace dar ganas de quedarte tirada en un rincón esperando la muerte.

Yo sabía cómo se sentía Ax. En cuanto pisé el suelo de cemento, casi me caigo de puro cansancio. Estaba oscuro, y la poca luz que había a duras penas alcanzaba para distinguir las caras en derredor.

—Con cuidado —me indicó Cassie, tomándome del brazo—. Estamos bien, y a salvo. Esto es el sótano de la torre de agua que hay detrás del colegio.

—Tenemos que salir de aquí. Seguro que los yeerks nos vigilan.

—Sí, estuvieron vigilando —comentó Marco, dirigiendo la mirada hacia un rincón, donde yacían inconscientes dos controladores humanos.

—Salgamos de acá —sugirió Jake—. ¿Te sientes bien, Rachel?

—Sí, un poco cansada, pero nada más. Era... era la primera vez que me convertía en oso y no tuve tiempo de hacerlo bien. Lo siento.

—No te preocupes, Rachel, que ese oso gris fue el que nos sacó a todos de ahí. Pero descansa un poco, ¿eh?

—Sí, me encantaría descansar un poco.

De alguna forma, logré llegar a casa. Me arrastré hasta la cama y me dormí de inmediato.

No desperté sino hasta la mañana siguiente cuando sonó el despertador. Estaba mareada, y casi no podía leer la hora que marcaba el reloj.

—¿Rachel? ¿Estás despierta? —me llamó mi mamá desde el pasillo.

—Sí, sí, ya estoy despierta.

Me levanté de la cama y fui a los tumbos hasta el baño que compartimos con mis hermanas, pero estaba Jordan. Entonces me dirigí por el pasillo al baño de mamá.

Ella ya estaba levantada y vestida con un trajecito color tostado. Se estaba poniendo las medias.

—No tienes muy buen aspecto —dijo, mirándome de reojo.

—Mmmm... ¿puedo usar tu ducha?

—Tienes puesta la misma ropa con la que volviste ayer a la noche —agregó en tono acusador—. Llegaste a las nueve y media, descalza y con tu malla de gimnasia, que es lo que todavía tienes puesto.

Me miré con expresión tonta. Sí, tenía puesta la ropa con la que practicaba las metamorfosis.

—Mmm... eeeh... es que me olvidé las zapatillas en lo de Cassie. Le estuve mostrando unos saltos de gimnasia. ¿Puedo usar tu ducha o no?

—Vuelves a casa descalza y te quedas dormida sin cenar siquiera —me reprendió, meneando la cabeza—. Rachel, si tienes algún problema, te pido que me lo digas.

Hice lo que no debía: de repente me eché a reír.

—¿Problemas? No, ¿por qué habría de tener problemas? —respondí entre risitas. Me restregué los ojos soñolientos con la manga y me reí un poco más.

Mamá soltó un suspiro.

101

—Hoy a primera hora tengo una audiencia del caso Hallinan, pero esta noche quiero que te quedes en casa. Me parece que tú y yo tenemos que charlar un poco. Tu papá te ha puesto un gran problema sobre las espaldas y sé que te cuesta mucho tomar semejante decisión.

—¿Puedo usar tu ducha, sí o no? —repetí con un suspiro, dejando las risitas de lado.

—Sí puedes, pero controla que Sara no se olvide de tomar el ómnibus.

Entré en el baño, cerré la puerta y me busqué rápidamente el refugio del agua caliente y humeante.

Entonces todo comenzó a volverme a la mente. Todo: la explosión con la que salimos del estómago del taxxonita, el ofrecimiento del elimista, la imagen de Tobías, de nuevo en su propio cuerpo aunque por muy poco tiempo, otra vez convertido en humano...

Y la batalla... un oso amenazador y enfurecido, un oso que en realidad era yo.

Me dio un escalofrío. Se me estaba enfriando el agua.

—¿Rachel? ¿Qué te pasó, te ahogaste? —Era Jordan, que me llamaba del otro lado de la puerta del baño.

—¿Jordan? Ve a fijarte que Sara salga para la escuela, por favor. Se me hizo un poco tarde, así que ve tú también.

Ese día falté a clase por primera vez en la vida. Me quedé en casa y miré toda la basura televisiva que pasan durante el día. Cambiaba de un canal a otro y pasaba de un montón de gente chiflada a otro montón de gente aún más chiflada.

Me divertí mirando a otras personas con problemas, aunque los de ellos parecían fáciles comparados con los míos.

Pero por sobre las imágenes electrónicas de gente furiosa y periodistas que la tranquilizaban, aparecían otras imágenes: un taxxonita destripado como si fuera una bolsa de basura rasgada, los gritos congelados y silenciosos de huéspedes involuntarios en sus jaulas.

Y por sobre el sonido del televisor, aún podía oír otras voces. Oía, por ejemplo, la voz del elimista en mi cabeza: *Podemos salvar a una pequeña muestra de la raza humana.*

Y la voz de Jake: *¡Estás fuera de control!*

Y mi papá: *A otra ciudad, lejos de aquí.*

Traté de no pensar siquiera en todo lo que había ocurrido el día anterior. Es que era tan ridículo... Me encontraba viviendo en dos mundos totalmente distintos.

Un mundo estaba ocupado por mi familia, la escuela, las clases de gimnasia, las compras, escuchar música, mirar televisión... cosas normales.

Pero además tenía esa otra vida. Una vida donde no era simplemente la hermana mayor de Jordan y Sara, la hija más grande de mi mamá, la preferida de la maestra y una alumna de gimnasia un poco floja en la barra de equilibrio.

En mi otra vida, era... una guerrera. Arriesgaba la vida y libraba terribles batallas mortales contra enemigos mucho más fuertes que yo. Me convertía en algo más que una simple niña.

Se hizo mediodía, y me preparé un tostado de queso. Mientras lo hacía, encendí el televisor de la cocina. Y ahí estaba mi papá en el noticiario de las doce. Estaba haciendo exteriores, es decir, una nota desde otro lado que no era el estudio, no sé qué estúpido evento en el centro de convenciones.

Anulé el sonido y me quedé mirando sólo la imagen. Entonces arrojé el sándwich a la basura.

—¡¿Qué se supone que debo hacer?! —grité de repente, asombrándome con mi propia reacción—. ¿Qué se supone que debo *hacer*?

Mi voz sonó apagada y sin vida en el silencio de la cocina. Me sentí una tonta porque no era propio de mí emocionarme tanto.

Me quedé ahí parada, con la vista fija en las alacenas. El elimista... el oso... mi papá... ¿Qué se suponía que debía hacer? ¿Dejar a mi mamá y a mis hermanas? ¿Dejar a mi papá? ¿Dejar a mis amigos? ¿Dejar ese planeta de locos?

Me imaginé yendo a ver a papá al centro de convenciones, diciéndole: "¿Papá? Tengo un problema". Entonces él me ponía el brazo sobre los hombros, me acariciaba el pelo como hace siempre y me decía: "Vamos, nena, no te lo tomes tan en serio".

Le subí el sonido al televisor. Papá sonreía y charlaba con los locutores que estaban en el estudio.

—...nos vas a dejar pronto, y a todos nos apena mucho la noticia. Pero sé que será una gran oportunidad para ti.

—Sí, así es —respondió papá—. Aunque realmente voy a extrañar todo el...

Apagué el televisor. Me sentía enferma por dentro, como si hubiera tragado vidrio molido.

Tenía que salir de la casa, dejar de pensar.

Subí la escalera y abrí la ventana de mi cuarto.

Varios minutos después, una gran águila calva salía volando de mi ventana y se elevaba en lo alto.

CAPÍTULO 17

Esa tarde, nos encontramos todos en el granero de Cassie.

El lugar está lleno de jaulas de todas las formas y tamaños, la mayoría con algún animal adentro. Los pájaros ocupan un sector, y los mamíferos están separados de ellos por una mampara. Me parece que es porque a los pájaros los pone nerviosos estar en la misma habitación con zorros y mapaches. Además, cuando se ponen nerviosos, los pájaros se pueden lastimar porque se golpean dentro de las jaulas.

Cuando aparecí en la reunión descalza y con mi ropa de metamorfosis, todos se dieron cuenta de inmediato de que no había ido precisamente en ómnibus.

Jake y Marco estaban tendidos sobre fardos de

heno. Tobías se había posado sobre un travesaño del techo. Sentí una punzada de dolor cuando lo vi otra vez convertido en halcón.

Por lo general, Ax no venía a esas reuniones. Hubiera tenido que transformarse en humano, y prefería mantenerse en su forma andalita el mayor tiempo posible.

—Hola, Rachel —me saludó Marco, con expresión divertida pero también un poco cautelosa—. ¿Qué estuviste haciendo? O tal vez debería preguntar, ¿en qué te estuviste *convirtiendo*?

Cassie estaba ocupada cambiándole el vendaje del ala a un pájaro de expresión triste.

—Eh, Rachel —me llamó—. Dame una mano con esto, ¿eh? No te vi hoy en la escuela.

Me acerqué y sostuve el pájaro lo más firmemente que pude. El animal se debatía y trataba de picarme, pero no podía hacerlo porque estaba muy débil.

—No me sentía muy bien esta mañana —le respondí—, así que me quedé en casa.

—Pero te sentiste mejor a la tarde, ¿no? —intervino Jake—. ¿Tanto mejor que decidiste practicar una metamorfosis? Una preguntita por pura curiosidad, ¿cómo viniste hasta acá?

Cuando Cassie terminó y se llevó al pájaro, me di vuelta para mirar a Jake a los ojos.

—Salí a volar, ¿algún problema?

Él miró a Cassie y luego a Marco.

—Ese oso en el que te transformaste ayer... Fuiste al zoológico y adquiriste el ADN tú sola, ¿no es así?

—No, si me voy a encontrar con el oso en el centro comercial...

—Muy bien —siguió diciendo Jake—. Además, hoy faltaste sin permiso al colegio y terminaste metamorfoseándote... en no sé qué cosa.

<En águila> apuntó Tobías. <Esta tarde, vi un águila calva que iba siguiendo las corrientes de aire cálido. Tendría que haberme dado cuenta porque se pasó mucho tiempo sobrevolando, como si fuera un buitre. Un águila de verdad se hubiera posado después de volar un rato.>

—Es tan reconfortante saber que respetan mi privacidad —respondí con sarcasmo.

<Eso fue alrededor del mediodía> siguió diciendo Tobías. <Si viniste hasta acá convertida en águila, habrían pasado más de dos horas. Tuviste que haber vuelto a transformarte en humano para luego volver a metamorfosearte.>

Jake me miró fijamente.

—¿Te pasaste toda la tarde haciendo metamorfosis?

—Sí, *mamá.*

Jake se paró de un salto y se me puso enfrente, con la cara a unos pocos centímetros de la mía.

—No me vengas con tu sarcasmo, Rachel. Te estás portando de manera muy rara y eso nos incumbe a todos, porque si haces algo estúpido podríamos terminar pagándolo todos. ¿Vas y adquieres el ADN de un oso gris tú sola? ¿Sin apoyo? El animal podría haberte matado.

—¿Y qué? —repliqué—. Ya oíste al elimista: estamos perdidos. El partido termina así: yeerks uno, humanos cero. ¡Perdemos! Así que, ¿a quién le importa? ¿A quién le importa si me hago la rata para irme a volar?

De repente, Jake simplemente perdió el ánimo.

—No lo sé, Rachel, no tengo ninguna respuesta. Estoy harto de intentar dar respuestas. Tú decides. No quiero discutir contigo. No sé cuál es tu problema, pero ¿sabes qué? Tendrás que arreglártelas *tú sola.*

Era la primera vez que veía a Jake tan cansado. En un momento, daba una imagen de persona fuerte y sensata, Jake, el líder de los animorphs. Y al momento siguiente, parecía exhausto. Tenía los ojos irritados, parpadeaba constantemente, como si el solo hecho de respirar lo agotara.

—Mi papá quiere que me vaya a vivir con él lejos de aquí —les conté.

Mis amigos se me quedaron mirándome. Todos tenían los ojos perdidos, cansados, muy parecidos a los de Jake.

—¿Qué vas a hacer? —me preguntó Cassie.

Levanté las manos en señal de impotencia.

—¿Cómo puedo pensar siquiera en algo tan insignificante? ¡Como si no tuviéramos cosas más importantes de que ocuparnos! ¡El destino del planeta Tierra y de la raza humana!

—A cada uno le preocupa lo suyo —comentó Cassie—. Sé cómo te sientes con respecto a tu papá.

—¡Es un idiota por hacerme tomar esta decisión a mí! —exclamé alzando la voz—. Es decir... ya saben... —Era raro. De pronto, sentí como que si me ahogara, como si estuviera a punto de explotar, como si mi mente estuviera girando fuera de control. —Es que... no sé qué hacer. Después de lo que pasó anoche... después de todo eso, tengo que decidir a quién quiero herir, ¿a mi mamá o a mi papá? ¿Y ustedes, chicos? ¿Y...?

—Vamos, Rachel —me habló Marco en tono amable—. Tómatelo con calma, vamos, tú eres *Xena...*

—¡NO! No, no soy un estúpido personaje de televisión, no soy un libro de chistes, Marco. Tengo miedo, igual que todos ustedes. Tengo miedo de lo que estuvo a punto de ocurrirme ayer a la noche. Tengo miedo de sólo pensar que existe ese lugar ahí abajo. Tengo miedo de lo que pueda ocurrirme *a mí*. Lo único que quería era escapar, pero no me parecía que pudiera, así que me hice la valiente porque así se supone que debo ser. Pero ahora me dicen: "Ah, si vienes a vivir conmigo, iremos a ver partidos de fútbol" y "Eh, no pienses más en mudarte a otra ciudad. ¡Tenemos un planeta entero para ti!". Y cuantas más salidas veo, más miedo me da, ¿entendido?

Por un buen rato, nadie dijo nada.

Luego Marco soltó un largo suspiro.

—Estuve pensando en cambiar mi voto. Si el elimista vuelve a preguntar, voto que sí.

—¿*Qué?* —preguntó Jake—. ¿Por qué?

Marco se encogió de hombros.

—A Rachel se le está aflojando un tornillo. Si se vuelve loca, ¿cuánto tiempo más vamos a poder soportarla?

—Basta, Marco, no estoy de humor para tus chistes —respondí.

—Yo tampoco —replicó Marco con voz desganada—. ¿Sabes cuánto dormí anoche? Alrededor de una hora. Tuve pesadillas y estuve hecho una piltrafa todo el día en la escuela. Siento como si... como si me hubieran pasado papel de lija por la piel. Me sobresalto por nada, tengo miedo, estoy nervioso.

—Es normal —aseguró Jake.

—Esto fue siempre una locura, desde el principio —siguió diciendo Marco—. ¿Un grupito de niños haciéndole frente a una invasión alienígena? Miren lo que está pasando. Tobías quedó atrapado en una metamorfosis. Rachel está empezando a usar su capacidad de transformación para escaparse de sus problemas. Hace poco, me desperté en plena noche y no sabía en *qué* estaba convertido.

No sabía si tenía manos, aletas, garras o patas. Tal vez Cassie y tú sean inmunes, Jake, pero lo dudo.

—No podemos rendirnos —sostuvo Jake con terquedad.

—¡Pero si no hacemos otra cosa que perder! —replicó Marco—. Molestamos a los yeerks, sí, tal vez hacemos volar un barco o conseguimos algún éxito menor, pero la invasión sigue adelante. Y lo único que logramos es escapar a duras penas con vida. Somos como un equipo de béisbol que nunca gana un partido. Y ahora, por lo que dijo el elimista, sabemos que esta temporada vamos a perder todos los partidos. Ni siquiera vamos a llegar a la semifinal.

—No me importa —insistió Jake—. No me voy a dar por vencido.

—Jake, ¿ves esto? —le preguntó Cassie, levantando el brazo izquierdo y señalando una cicatriz que tenía sobre la muñeca—. Me la hizo un mapache que había quedado atrapado en una trampa. Tenía la pata rota. Yo estaba tratando de ayudarlo a salir, pero me mordió.

—Nosotros no somos mapaches —replicó Jake.

—¿No? ¿Y comparados con el elimista? ¿Y si dice la verdad y lo que está tratando de hacer es salvar al menos una parte de la raza humana? ¿NO será que está tratando de sacarnos de la trampa y curarnos las heridas?

—Cassie tiene razón —dijo Marco—. Si el elimista quisiera hacernos daño, podría matarnos sin más ni más; eso lo sabes tan bien como yo. Bueno, yo voy a dejar que me saque la pata de la trampa, pero voy a poner algunas condiciones. Quiero que determinadas personas vengan conmigo. Ahora bien, si el elimista también puede salvar a esas personas, entonces tengo que decir que sí.

Marco me miró, y luego Jake, Cassie y Tobías hicieron lo mismo. La votación estaba dos contra dos, y yo era la que decidía.

Si aceptábamos el ofrecimiento del elimista sería el fin de las batallas. Significaría que en algún lugar, dondequiera que él nos llevara, no existiría más un empleo en otra ciudad para mi papá y yo no tendría que tomar más decisiones dolorosas.

Abrí la boca para contestar.

Les prometí que volvería a preguntarles.

—Ay, no —exclamó Marco.

Les mostraré lo que necesitan entender.

113

CAPÍTULO 18

LES MOSTRARÉ LO QUE NECESITAN ENTENDER.

Un segundo después, nosotros cinco y Ax habíamos desaparecido del granero y estábamos parados en medio de un campo con pasto sucio y descuidado. A unos cincuenta metros de allí había un edificio largo, bajo y medio derruido.

El elimista no se veía por ninguna parte. Estábamos solos: cinco humanos y un andalita, cinco humanos de verdad.

—¡Tobías! —dije.

—Sí —respondió él, mirándose las manos—. Este asunto de nuevo.

Jake tenía cara de enojado, Cassie estaba maravillada y Marco trataba de sonreír con aire indiferente, pero no nos engañaba. Ya nadie parecía cansado.

Ax se movió nerviosamente sobre sus delicados cascos y estiró la cola, como preparándose para usarla.

—Otra vez el elimista... —dije—. ¿Oyeron...?

—Sí, oímos —respondió Jake—. Así que tenemos otra oportunidad para cambiar de opinión.

—¿Dónde estamos? —quiso saber Cassie—. Hay algo en este lugar que me resulta familiar, pero no logro ubicarlo.

Yo tenía la misma sensación, como si ya conociera ese paisaje vacío, polvoriento y destruido. Fue Tobías el primero en darse cuenta.

—Es la escuela.

—¿Qué? —dije—. No puede ser. —Pero tenía razón. Volví a mirar y me di cuenta de que conocía cada uno de esos edificios en ruinas.

—La verdad es que esto no me gusta —sostuvo Marco—. No me gusta nada. En otro momento me gustaría la idea de ver el colegio destruido, pero esto *realmente* no me gusta nada.

—¿Cuándo pasó esto? —me pregunté en voz alta—. ¿Falto un día y el lugar se incendia hasta los cimientos?

—No lo creo —dijo Cassie con voz extraña, confundida—. No creo que se trate de algo que *pasó*, tiempo pasado. Creo que estamos hablando de tiempo futuro.

—O simplemente de tiempo —murmuró Marco.

Miré a Cassie, preguntándome de qué estaría

hablando. Ella posó sus ojos en el cielo, y luego en el horizonte.

—¿Alguna vez han visto el cielo de ese color? —nos preguntó.

—Es cierto, parece levemente amarillo —respondió Jake.

—Y el aire... ¿no tiene un olor raro? Y miren esos árboles de ahí, detrás del gimnasio. Se están secando.

—El elimista dijo que nos mostraría algo —murmuré—. Pero... ¿qué es lo que nos está mostrando? ¿Tienes alguna idea de lo que significa todo esto, Ax?

<Me da la sensación de que hay una distorsión temporal, pero no sé qué significa.>

—Es el futuro —afirmó Cassie.

Un escalofrío me subió por la espalda. Quería pensar que Cassie tenía un tornillo flojo, pero daba la sensación de que lo que decía era verdad.

—Bueeeeno —dijo Marco—. ¿Y ahora qué tenemos que hacer? ¿Quedarnos acá parados hasta que el elimista vuelva a buscarnos?

Jake se encogió de hombros.

—Podríamos echar un vistazo por aquí. El centro comercial queda a unas cuatro cuadras. A esta hora tendría que estar abierto.

Así que hacia allí nos dirigimos, caminando por el descampado desierto bajo un cielo que parecía pintado de amarillo y azul, lo que generaba manchones y líneas de color verde, totalmente distinto de cualquier cielo que hubiera visto antes. Pasamos por la escuela y miramos morbosamente a través de los agujeros causados por las explosiones para ver si reconocíamos algo.

—¡Aaaaaaayyyyyy! —gritó Marco, alejándose de uno de los oscuros boquetes.

Corrí hacia allí y me asomé. Era un aula y había un esqueleto tirado sobre el escritorio de la maestra.

—Ay, Dios mío —susurró Cassie—. Abandonaron el cadáver ahí tirado.

—Es el aula de la señorita Paloma, la profesora de historia —dije yo.

Demoramos varios segundos darnos cuenta de lo que eso significaba. Habían dejado el cuerpo ahí para que se pudriera. Seguramente había tardado años en reducirse sólo a huesos.

—Cassie tiene razón, estamos en el futuro —señaló Marco—. Pero eso es imposible.

<Imposible para los humanos> replicó Ax. <Pero no para los elimistas.>

—Ah, ya entiendo —dije con rabia—. El elimista nos está dando una pequeña lección, nos está mostrando lo que ocurre en el futuro. Qué lindo, qué inteligente. Pero, ¿cómo sabemos que éste es realmente el futuro y no sólo una pequeña puesta en escena suya?

—Vayamos al centro comercial —sugirió Jake—. Pero tengo un mal presentimiento.

117

Dejamos atrás la escuela. Traté de no pensar de quién podría haber sido ese esqueleto. ¿De alguna maestra? ¿Algún alumno? ¿Alguna persona que por casualidad estaba donde no debía, en el momento equivocado?

—Veamos si podemos averiguar algo en la librería del centro comercial —propuso Marco—. Quizás encontremos algún almanaque que nos indique en qué año estamos. Podemos ver quién ganó todos los campeonatos de fútbol. Después, cuando volvemos a nuestra propia época, hacemos apuestas y nos enriquecemos.

Solté una risa forzada que sonó como un gruñido. Teníamos que mantener el ánimo, y Marco hacía lo posible por intentarlo.

Llegamos a la autopista: eran ocho carriles de cemento, en un silencio sepulcral. No se veía ni un auto, ni un camión; estaba desierta.

Del otro lado se alcanzaban a ver los restos oxidados de un auto. Unas manos huesudas y blancas aferraban el volante. Nos alejamos de ahí.

Hacia el este, distinguí algo que brillaba intensamente y parecía extenderse en línea recta desde el horizonte lejano hasta un punto mucho más próximo. Entrecerré los ojos para ver qué era.

—Qué lástima que no tenemos tus ojos de halcón en este momento —le susurré a Tobías.

—Creo que es un tubo, o algo así como un tubo de vidrio largo, muy largo... ¡Mira! ¡Algo se mueve dentro del tubo!

<Es algún tipo de medio de transporte> informó Ax, después de haber dirigido sus cuatro ojos hacia ese lugar. <Parece ser un tubo de vidrio de varios kilómetros de longitud. Adentro hay plataformas que se mueven a gran velocidad, como si fueran trenes de los suyos, sólo que más rápidos. Tal vez vayan a unos quinientos de los kilómetros de ustedes por hora o más.>

—Son kilómetros de todos —lo corrigió Marco—. Estás en la Tierra, Ax. Acá todos tenemos los mismos kilómetros.

<¿Y los países que usan millas?> preguntó Ax con tono presumido. <¿Ves? Estoy aprendiendo.>

—Es algún sistema de trenes de alta velocidad —afirmó Jake—. Es por eso que no hay nadie en la autopista.

—La pregunta es, ¿quién construyó el sistema? —planteé.

Un rato después, llegamos al centro comercial. Pero había cambiado, y mucho.

—Dios mío —murmuró Marco—. ¡Miren eso! Ay, no.

El centro comercial seguía en su lugar y hasta se veía el cartel que indicaba el nombre, pero habían aparecido agujeros perfectamente redondos, de unos dos metros de diámetro, en las paredes de las cuatro enormes tiendas. Había unos seis u ocho orificios en una de las tiendas, y una cantidad similar en la otra. Y de cada uno de ellos emergían taxxonitas.

119

Entraban y salían del edificio reptando por esos agujeros. Se deslizaban hacia el piso y hacia el techo. Algunos estaban descargando cajas de una nave espacial chata y voluminosa ubicada en la playa de estacionamiento. La descargaban como si fuera un camión, y entraban por los agujeros acarreando paquetes de color plateado.

—Es una colmena —señaló Cassie—, algo así como una colmena de abejas, o una colonia de hormigas. Han tomado el centro comercial: ahora es una colmena de taxxonitas.

CAPÍTULO 19

—Así será el futuro si ganan los yeerks —dije—. Los taxxonitas usarán el centro comercial como colmena. Me parece que hoy ya no voy a poder conseguir buenas ofertas.

Quería hablar como una persona fuerte, como si no estuviera impresionada, pero era mentira. Unos gusanos más grandes que un ser humano adulto estaban arrastrándose por los agujeros del centro comercial. Había esqueletos tirados sobre los escritorios en las ruinas que quedaban de nuestra escuela, y aferrados a los volantes de autos oxidados.

El aire tenía un olor extraño. El cielo ya no era el cielo de la Tierra. Los árboles se estaban muriendo.

Cuando dimos la vuelta alrededor del edificio, vimos que el tubo de vidrio que servía como medio de transporte tenía una parada ahí. Estaba sobree-

121

levado unos seis metros, como el monocarril de Disneyworld. Sin embargo, no parecía tener los soportes suficientes como para mantenerlo a esa altura. Parecía como si estuviera colgado.

Afuera del centro comercial, un pozo de traslación se elevaba hasta el tubo de transporte. Un taxxonita entró en el pozo y fue elevado hasta una plataforma que sobresalía en un extremo del tubo.

—Mejor alejémonos de los taxxonitas —sugirió Tobías.

Pero Marco meneó la cabeza.

—¿Por qué? ¿No se dan cuenta? Ganaron los yeerks, así que todos los humanos que vemos son controladores. Los taxxonitas darán por sentado que somos controladores humanos.

—Creo que tienes razón —convino Tobías—. Sí, así que podemos ir a todos lados. Además, no creo que el elimista nos haya traído hasta acá para ver cómo nos matan.

Al darme cuenta de que lo que decían era sensato, me tranquilicé un poco. Pero aun así, todo eso me producía una sensación profundamente perturbadora.

<Me convertiré en humano> anunció Ax. <Los yeerks tal vez estén acostumbrados a ver a controladores humanos, pero no a controladores andalitas, salvo Visser Tres.>

—¿Por qué estás tan seguro? —preguntó Marco—. Quizás vez en el futuro, los andalitas también pierdan contra los yeerks.

<Nunca> replicó Ax, enojado.

Lentamente comenzó a adoptar su forma humana.

—Subamos al tren para ver a dónde va —sugerí.

—¿Qué? —soltó Marco entre risas—. ¿Subirnos a la versión yeerk de nuestros trenes?

Me encogí de hombros.

—Tú mismo lo dijiste, Marco: pensarán que somos controladores. Y además, el elimista no nos trajo aquí para matarnos.

—Qué lástima lo del centro comercial —comentó Ax, ya casi convertido en humano—. Tenían excelentes platos para degustar, dei-gustar, degustar. El elimista nos mostró muchas cosas maravillosas de la especie humana y el planeta Tierra, pero no mencionó el sentido del gusto. Buñuelos de canela... buñuelos... buñelos... ñelos... y chocolate también.

—Sí, hay que salvar a la especie que inventó el buñuelo de canela, cualquiera que haya sido —dije—. Vamos, subamos al tubo.

Demoramos apenas unos minutos en llegar hasta el pozo de traslación. Cuando nos aproximábamos, un taxxonita pasó deslizándose a nuestro lado. Avanzaba con prisa, como si fuera un pasajero apurado por llegar a la oficina. Pero salvo eso, no nos prestó atención.

—¿Será que los yeerks tienen una hora pico de tránsito? —murmuró Marco por lo bajo.

—Silencio —ordenó Jake—. Ahora somos controladores, no seres humanos normales.

123

El taxxonita llegó al pozo antes que nosotros y se metió por la gran abertura. De inmediato, fue elevado hasta la plataforma.

Como todos dudamos en seguirlo, yo me adelanté. Unos segundos después, estaba parada sobre la plataforma, y los demás se ubicaron a mis espaldas.

Estábamos a seis metros de altura, y podíamos ver en todas direcciones.

Toqué a Tobías ligeramente con el codo. Habían construido un pequeño estanque yeerk en el techo del centro comercial, sobre el lugar donde antes estaba el patio de comidas. Era un estanque poco profundo y lleno de barro. Había unos cinco o seis taxxonitas recostados alrededor, casi como si estuvieran tomando sol.

No vimos jaulas en ese estanque yeerk. Los taxxonitas son todos huéspedes voluntarios, otro motivo para odiarlos. Los hork-bajires al menos les habían opuesto resistencia a los yeerks.

De repente, en medio de una corriente de aire, una plataforma bajó por el tubo de vidrio como bala. Cuando se detuvo ante nuestros ojos, el taxxonita subió rápidamente, y nosotros lo seguimos.

No era un coche cerrado como los de los trenes sino una plataforma abierta al frente y al fondo. Había quizá veinte asientos comunes, la mitad de ellos ocupados por controladores humanos. Al fondo había un sector abierto hacia donde se dirigió el taxxonita.

En la parte de adelante había varios asientos mucho más grandes, hechos de acero, sin acolchado.

Esos tenían que ser para los hork-bajires. Es decir que había lugar para unos cuatro hork-bajires, unos dos o tres taxxonitas, y asientos para unos veinte humanos o más.

Entonces llegué a la conclusión de que había muchos más humanos que taxxonitas o hork-bajires, o sea que no resultaríamos sospechosos.

El tren se lanzó como bala por el túnel de vidrio, pero no se sintió ninguna sacudida, ni el impacto del viento. Simplemente volábamos a una velocidad pavorosa.

Por lo general, para ir desde el centro comercial, que está en las afueras de la ciudad, hasta el centro hay que viajar media hora en ómnibus. Nosotros hicimos el trayecto en alrededor de un minuto y medio.

Jake me dirigió una mirada para indicarme que nos bajábamos ahí. Nos pusimos de pie y bajamos del tren.

—Qué rápido —comentó Marco.

—Sí, le gana al ómnibus —comenté.

Caminar por las calles del centro de la ciudad superaba lo extraño. Algunos rascacielos enteros habían desaparecido. Otros tenían boquetes para que entraran los gusanos taxxonitas. Dirigí la mirada hacia un edificio de treinta pisos y vi que los taxxonitas reptaban por las paredes de lo que solía ser la casa central de un Banco.

El edificio más alto de la ciudad era la Torre EGS, de sesenta pisos. Todavía se encontraba ahí casi intacta, pero por alguna razón habían demolido los dos últimos pisos y luego los habían cubierto con una cúpula de vidrio.

La pálida luz del sol se reflejaba en la cúpula. Parecía un faro.

Los humanos y los hork-bajires caminaban por la calle codo a codo, pero no en grandes cantidades. En realidad, la ciudad entera parecía mucho más vacía de lo normal.

Doblamos en una esquina y nos quedamos helados.

—¡Ahí debería estar el centro de exposiciones de la ciudad, donde fuimos al circo! —exclamé.

—El centro de exposiciones, la carpa enorme, el edificio que solía tener esa gran antena en la parte de arriba... desapareció todo... —comentó Marco—. Así no más... desapareció.

Y en su lugar había un estanque yeerk.

Un estanque de tamaño asombroso. En realidad, era un pequeño lago de tamaño suficiente como para recorrerlo en barco.

El ancho del estanque era tres veces el largo de una cancha de fútbol, tal vez cuatro. Y todo alrededor había jaulas, igual que en el estanque yeerk subterráneo que conocíamos tan bien.

Pero en ésta había algo diferente. Los humanos y hork-bajires de las jaulas ya no gritaban pidiendo ayuda. Lloraban, gemían o, en la mayoría de los casos, tenían la mirada perdida en el vacío. Pero no clamaban pidiendo socorro.

Sabían que nadie los iba a ayudar, que no les quedaban esperanzas.

Nos quedamos mirándolos con expresión de impotencia.

Una controladora humana pasó a nuestro lado y me empujó.

—*Discúlpeme* —dije en tono sarcástico. Gran error. Me di cuenta del error apenas pronuncié la palabrita.

La mujer se detuvo y volvió hacia donde estábamos.

—¿Qué dijiste?

—Nada.

Pero siguió mirándome con ojos entrecerrados.

—¿Cómo te llamas?

Sabía que si le contestaba "Rachel" no iba a funcionar. Quería mi nombre yeerk. Me puse en guardia, lista para pelear.

—Su nombre no es asunto tuyo —saltó Tobías.

La mujer lo miró con desdén.

—¿Ah, no? ¿Y por qué no? Ustedes son espías, eso es lo que son. ¡Espías!

—Su nombre no es asunto tuyo —repitió Tobías—, pero el de *él* sí. —Señaló a Ax con el pulgar. —Porque se llama… es Visser Tres.

CAPÍTULO 20

—¿Visser Tres? —repitió la mujer, escéptica. Demoré unos segundos en entenderlo. ¿De qué estaba hablando Tobías? ¿Por qué decía que Ax era Visser Tres?

Por suerte, Ax se dio cuenta más rápido que yo, y de inmediato comenzó a transformarse para volver a su forma andalita. Y no bien le aparecieron los tallos con ojos en los extremos, la mujer comenzó a temblar.

—Pero… pero… dijiste Visser *Tres*, ¡y sólo Visser *Uno* está en un huésped andalita!

Excelente. Visser Tres había conseguido un ascenso.

—Sí —le respondí—, pero se llamaba Visser Tres allá en nuestra época, cuando éramos todos amigos, camaradas de armas.

—Yo... nosotros... nadie nos informó que usted estaba de visita en la Tierra, Visser —balbuceó la mujer.

Era claro que estaba aterrorizada. Obviamente la reputación de Visser Tres no se había suavizado con los años.

Ax había recobrado totalmente su cuerpo de andalita, y los controladores que pasaban por ahí lo miraban con una mezcla de fascinación y temor.

—Si hubiera sabido... —se lamentó la mujer— nunca habría...

Ax la interrumpió con un movimiento de la mano.

<Silencio. Está muy bien que actúes forma vigilante. Si no lo hubieras hecho, habría ordenado que te ejecutaran por tonta y descuidada. Ahora largo de aquí.>

—¡Sí, mi Visser! ¡Sí! —La mujer se alejó al instante.

Con eso, nos quedamos parados en medio de la calle contemplando boquiabiertos el estanque yeerk, con un montón de controladores que a su vez nos miraban boquiabiertos a nosotros.

—Esto no está nada bien —opinó Marco—. La noticia de que Visser Tres anda por aquí va a correr como reguero de pólvora, y alguien se va a dar cuenta de la verdad.

—¿Y ahora? —se preguntó Jake—. ¿Cuánto tiempo quiere dejarnos acá el elimista?

—Hasta que nos convenzamos de que él tiene razón —dijo Tobías.

—Debe de querer que veamos algo más —señaló Cassie.

La miré y la noté perpleja. Creo que esperaba verle transmitir con la expresión algo así como: "¿Ven? Yo les dije que éste era el futuro". Pero parecía preocupada, como si no pudiera entender algo que le estaba molestando.

—¿Qué te pasa? —le pregunté.

—Es sólo una sensación —respondió, encogiéndose de hombros—. Acá está pasando algo más, que no alcanzamos a comprender.

Se veía mucho movimiento en el estanque yeerk. Los controladores iban y venían, metiendo a los huéspedes en las jaulas y sacándolos a los empujones cuando les llegaba el turno. Había una constante procesión a lo largo de los seis muelles, desde donde sacaban los yeerks del agua para introducirlos luego en los huéspedes.

Sobre toda la escena se elevaba la Torre EGS, coronada por la cúpula de vidrio.

—¿Por qué habrán hecho un estanque yeerk acá? —me pregunté en voz alta—. Si tienen todo tipo de espacios abiertos... ¿para qué tomarse el trabajo de derribar los edificios que había en este lugar? Aquí no hay precisamente una buena vista.

—¿En qué año estaremos? —preguntó Marco—. ¿Será el año que viene? ¿Diez años más tarde? ¿Veinte?

Oí un rugido sordo que provenía del cielo. Un avión yeerk del tipo caza Insecto bajó en picada, dio una vuelta alrededor de la Torre EGS y aterrizó al borde del estanque, cerca de donde estábamos nosotros.

No sé por qué, pero me sentí atraída por ese avión. Tal vez era alguna extraña atracción psíquica. Tal vez era el elimista, que hacía que me acercara para mostrarme algo.

Cualquiera fuese el origen de esa atracción, me encontré caminando hacia el avión caza Insecto.

—¡Eh! —exclamó Jake—. ¿Qué haces?

—Ustedes quédense acá.

—Está bien —dijo Marco, señalando a Ax con el pulgar—. Estamos con Visser Tres, perdón, quise decir Visser Uno. Y felicitaciones por el importante ascenso, ya que estamos.

Ax se me adelantó rápidamente, moviéndose y comportándose como el gran y temible Visser.

Cuando nos acercamos al estanque, nos cruzamos con una multitud de controladores: humanos, hork-bajires, taxxonitas y algunas especies extrañas que nunca había visto. La multitud se dispersó con rapidez. Nadie quería molestar accidentalmente a Visser Uno de ninguna manera.

Nos dirigimos al caza Insecto como si fuéramos los amos del universo, y en ese momento la puerta del avión se abrió.

Me detuve, y Ax también. Los demás se amontonaron detrás de nosotros.

Sentía un cosquilleo en la piel y los pelos de punta. Sabía que algo estaba a punto de suceder, algo asombroso y terrible.

Entonces, de adentro del caza Insecto salieron una humana y un andalita.

Al andalita yo lo conocía, pues nos habíamos visto antes. Sentía el oscuro odio que emanaba de su persona.

Visser Tres, el *verdadero* Visser Tres.

Al ver a Ax al lado de Visser Tres, la multitud de controladores se dio cuenta inmediatamente de la diferencia. Visser Tres tiene cuerpo de andalita, pero no hay manera de confundirlo con otra cosa que no sea una criatura llena de maldad.

<Bueno, bueno> dijo Visser Tres a la persona que lo acompañaba. <Exactamente como estaba programado, como previste que ocurriría.>

Observé a la humana. Era una mujer bastante joven, de unos veinte o veintidós años de edad. Tenía pelo rubio y corto. No estaba maquillada y su ropa era sencilla.

Mi respiración se había detenido, mi corazón había dejado de latir. Traté de tragar saliva, pero no pude.

—Hola, Rachel —me saludó la mujer.

—Hola, Rachel —le respondí.

CAPÍTULO 21

Era yo, tal como sería en el futuro.

—Sabía que vendrías —dijo la futura Rachel—. Después de todo, yo *era* tú. Una vez estuve parada ahí donde estás tú ahora, con la misma expresión que tienes tú ahora, y me vi a mí misma como soy hoy.

Se la oía perfectamente serena, pero sus ojos se movían sin parar y pasaban de Ax a mí.

Visser Tres meneó la cabeza, divertido.

<Si hubiera sabido desde un principio que eran humanos... Pensé que eran andalitas durante tanto tiempo... hasta que, al fin, los atrapamos.>

Me sentía extrañamente sosegada, quiero decir, teniendo en cuenta lo que estaba pasando. Estaba cara a cara con Visser Tres, que ahora era Visser Uno. Cara a cara con mi propio futuro.

133

—Eres una controladora —le dije a mi otro yo.

—Por supuesto —me respondió sonriendo. Tenía una sonrisa cruel, que no se parecía en nada a la mía. —Ganamos. Ustedes nos obligaron a participar en una linda cacería, pero al final ganamos. Ahora este planeta es territorio yeerk. La raza humana está destinada a servir de huésped para la raza yeerk.

—Si sabes tanto, ¿cómo es que llegamos acá, al futuro? —preguntó Marco.

<Los trajo un elimista> respondió Visser Tres. <En la propia época de ustedes, tuvieron que tomar una decisión. El elimista los trajo aquí a ustedes seis... cinco humanos y un andalita... para mostrarles un futuro, para mostrarles *el* futuro. Muy pronto los llevará de vuelta a su propio tiempo.>

—¿Qué decisión tomamos? —pregunté.

La otra Rachel me dirigió su sonrisa cruel.

—La correcta, obviamente. Todo salió a la perfección.

—¿Sí? —dijo Jake en tono desafiante—. Tal vez no. El elimista nos trajo aquí para ayudarnos a tomar la decisión. ¿Y si volvemos a nuestra propia época y decidimos aceptar su ofrecimiento? Entonces Rachel no estará en la Tierra para que la conviertan en controladora. Estará con todos nosotros en el planeta al que nos lleve el elimista, cualquiera que sea.

Observé fijamente a mi otro yo para percibir alguna reacción. Nada, ni siquiera pestañeó. Sin embargo algo le noté, como si tratara de ocultar algo.

—Ustedes saben lo que decidimos, pero de todas maneras, aquí están —dije—. O sea que quieren cambiar lo que decidí. Salvo que… no, no, porque entonces cambiaría todo esto. O de lo contrario están acá porque el hecho de que estén acá es lo que determinó que yo decidiera lo que decidí.

<Qué confuso, ¿no?> dijo Visser Tres con desprecio. <No sé cómo hacen los elimistas para mantenerlo todo ordenado.>

—Vámonos —sugirió Cassie de repente—. No me gusta este lugar, ni tampoco estos dos… seres.

—Pero, Cassie, soy tu mejor amiga —replicó mi otro yo en tono burlón.

—No, tú no eres mi mejor amiga. Tal vez Rachel aún esté viva ahí adentro, pero tú eres un yeerk.

Cassie se dio vuelta, y al hacerlo se tropezó y cayó sobre mí. En ese mismo instante, la otra Rachel me aferró del brazo con firmeza y evitó que me cayera.

Pero a Ax le debe haber parecido que estaba por atacarme, porque en un abrir y cerrar de ojos adelantó su afilada cola y se la puso contra la garganta a la otra Rachel.

Los ojos de mi otro yo estaban desencajados del miedo. Le dirigió una mirada a Visser Tres, pero sorprendida vi que él también parecía congelado. Estaba confundido, tenía los ojos entrecerrados. Miraba alternadamente a Ax, a la otra Rachel y a mí.

De pronto, me di cuenta.

—Esto no estaba en el libreto, ¿no? —le pregunté—, no tendría que haber pasado. ¡Algo ha cambiado! Es Ax, ¿no es cierto? Dijiste "seis humanos", o sea que eso era lo que esperabas encontrar. Eso era lo que Rachel te había dicho que pasaría. Pero el futuro ha cambiado, ¿no es así? Algo ha cambiado.

Visser Tres me miró furioso, y abandonó su fingida amabilidad.

<¿Sabes lo que hice cuando al fin te atrapé a ti y a tu bandita de animorphs? ¿Sabes lo que hice? Le entregué el cuerpo de cada uno de ustedes a un súbdito de confianza. Y una vez que fueron nuestros, una vez que fueron MÍOS, mejor dicho, maté a tu amiguito emplumado y lo hicimos a la parrilla.> Se inclinó hacia mí. <Era duro y fibroso, pero le agregamos una salsa que preparan ustedes los humanos, que si no me equivoco se llama ketchup. Entonces tu amigo Tobías nos resultó delicioso. Creo recordar que tú te comiste una pata. Te la comiste matándote de risa.>

Quise metamorfosearme ahí mismo. Me moría de ganas de convertirme en el oso gris y hacerle unos cuantos agujeros a Visser Tres. Pero había cientos de controladores alrededor, y mientras me transformaba, estaría en situación de peligro.

Ax todavía tenía la filosa hoja de su cola presionada contra la garganta de la otra Rachel.

<No puede hacernos daño> dijo Ax. <No puede hacernos nada, porque si no, cambiaría la historia y no sabe cuál sería el resultado.>

—Tienes razón, Ax —dijo Jake. Nuestros ojos se encontraron. Los suyos tenían una mirada peligrosa, iracunda. —No puede hacernos daño, pero nosotros... bueno...

—Tienes toda la razón —convine, y comencé a concentrarme en el oso gris—. Conque mataste a mi amigo Tobías y lo asaste a la parrilla... —dije dirigiéndome a Visser Tres.

Me estaba empezando a transformar, al igual que Jake.

<¡Puedo llamar a un centenar de hork-bajires!> amenazó Visser Tres.

—Llámalos —respondió Marco—. Tal vez alguno se descuide con un rayo dracon y mate alguno de nosotros. ¿Cómo crees que cambiaría el pasado entonces? Difícil saberlo, ¿no?

Los dedos se me convirtieron en garras. Una piel áspera de color marrón comenzó a cubrirme el cuerpo. A medida que iba dejando atrás mi forma humana y me transformaba en oso, sentía que me inundaba el poder.

—Visser —dijo la otra Rachel—. ¿Qué hacemos?

<¿Nosotros? Nada. Yo me retiro.>

Visser Tres empezó a recular, pero yo no iba a dejar que escapara. Lo tenía atrapado; después de todo el dolor que había causado, lo tenía atrapado. Después de todo el daño que había hecho, ahora estaba indefenso.

No esperé hasta que desapareciera la última de mis características humanas. Ya estaba lo suficientemente convertida en oso, y arremetí contra él.

Los osos son muy grandes y parecen un poco torpes, pero pueden ser muy veloces.

<Ahora, basura, veamos quién se come a quién.>

Me lancé contra él. Se dio vuelta para salir corriendo, pero fue demasiado tarde.

Cuatrocientos kilos de oso que se movía a toda velocidad golpearon a Visser Tres en el costado y lo derribaron con violencia.

Levanté una enorme garra y la bajé con todas mis fuerzas...

Pero mi mano golpeó contra el tronco de un árbol, mi mano humana.

—¡Aaaayyy!

Estaba de nuevo convertida en humana, en el bosque de que hay detrás de la granja de Cassie. Los demás también estaban ahí. Tobías, de nuevo transformado en halcón, estaba posado en una rama alta.

—¡No! ¡Estoy harta de esto! —grité. Volví a golpear el árbol por pura frustración. —¡Estoy harta de esto! *¡Lo tenía!*

Cassie vino hacia mí y me pasó un brazo por los hombros.

—No importa. Era el Visser Tres que todavía no existe.

—Estoy tan cansada de esto —repetí, con voz un poco más baja—. ¿Qué sentido tiene? ¿De qué sirve? Ahora conocemos el futuro. Sabemos lo que pasa si decidimos quedarnos y luchar.

Me sentía perdida. El último gramo de energía que tenía se me esfumó. Era demasiado, demasiadas cosas que resolver. ¿Y para qué? ¿Qué importaba lo que hiciera?

Me dejé caer sobre el suelo cubierto de pasto y agujas de pino, y apoyé la cabeza en las manos. Me daba por vencida. Basta de tratar de entender un mundo donde me podían sacudir de un lado a otro como si fuera una marioneta.

Los seis nos quedamos ahí un rato, tendidos sobre el colchón de agujas de pino, mirando, pensando, tomándonos un tiempo para comprender lo que ocurría.

Era el fin.

La guerra había terminado, y habíamos perdido.

<Podría ser todo un truco del elimista> sugirió Ax, no muy convencido.

—No —respondí sin ganas—. Sabes bien que no es un truco, Ax, al menos no de la manera a la que te refieres. Si el elimista quisiera obligarnos a hacer algo, tiene poder más que suficiente.

—Hay que analizar el asunto —sostuvo Jake, en tono cansado.

Me encogí de hombros.

—Analízalo tú; yo estoy cansada de pensar. Estaba a punto de votar cuando el elimista nos arrastró para que veamos su pequeña representación. Estaba a punto de hacer lo que haría la Rachel de siempre y votar que no. Iba a ser valiente, una vez más. Pero ahora voy a cambiar mi voto. No quiero terminar como controladora; eso a mí no me va a pasar. Si eso significa que me estoy escapando, lo lamento, pero cambio mi voto.

¿Y saben qué? En ese momento de rendición, me sentí bien. Ojalá pudiera negarlo, pero sentí que me invadía una oleada de alivio. No más decisiones difíciles, no más peligro, no más obligación de ser valiente.

—Eso significa que Cassie, Rachel y yo estamos a favor —dijo Marco—. Tres contra dos, a menos que vote Ax.

<Yo sigo al príncipe Jake> repitió Ax.

<Tal vez...> comenzó a decir Tobías. <Tal vez si parte de la raza humana sobrevive en algún otro planeta... Tal vez sea como cuando trajeron a los lobos de vuelta para que vivieran en la Reserva Nacional. Quiero decir que quizás algún día podamos volver y reconquistar la Tierra.>

—¿Estás cambiando tu voto, Tobías? —le preguntó Jake.

<Jake, tú sabes que nunca huiría de una pelea...>

Nos quedamos ahí sentados, mirando el vacío. Íbamos a hacerlo. Íbamos a abandonar la lucha, todos lo sabíamos.

Jake levantó la cabeza.

—¿Elimista? —llamó con voz suave—. Hemos tomado una decisión. La respuesta es sí.

El elimista había dicho que, una vez que decidiéramos, nos transportarían de inmediato. Yo estaba esperando que la próxima vez que respirara fuera en algún planeta remoto.

Pero no pasó nada.

Nada en absoluto.

CAPÍTULO 22

No puedo describir lo extraño que fue ir a la escuela al día siguiente y sentarse en el aula, tratando de prestar atención a mi maestra, la señorita Paloma, que hablaba sobre los hechos que habían conducido a la Segunda Guerra Mundial.

—Quizás si Estados Unidos hubiera estado listo para luchar antes —decía—, la guerra habría terminado antes también, y habrían muerto menos personas. Pero nuestro país quería la paz.

Y yo no podía dejar de mirarla y pensar: *¿Era tu esqueleto el que estaba tendido sobre el escritorio?*

¿Qué sentido tenía ir a la escuela? ¿Qué sentido tenía nada? Había visto el futuro, sabía cómo terminaba todo. La raza humana estaba perdida, terminada. Hacia ahí nos conducía nuestra larga historia: a una pileta yeerk.

—El hecho de que fuéramos tan fervientes defensores de la paz pudo de hecho haber empeorado la guerra —seguía diciendo la señorita Paloma con voz monótona—. Nunca lo sabremos con seguridad, por supuesto. En historia, no se puede especular sobre lo que hubiera podido ser.

Si uno es elimista, sí puede, pensé. *Si uno es elimista, puede mirar hacia el futuro y verlo todo.*

—¿Por qué no?

Era la voz de Cassie. Miré hacia el otro extremo del salón, donde se sentaba ella. Tenía la misma expresión confundida que le había visto el día anterior. Una mirada de frustración, como si percibiera algo que aún no lograba comprender bien.

—¿Por qué en historia no se puede especular sobre lo que hubiera podido ser? Quiero decir, si uno *pudiera* volver atrás y cambiar las cosas para que Estados Unidos hubiera estado listo antes para luchar...

La señorita Paloma se sentó en el borde de su escritorio.

—Porque los acontecimientos están entrelazados de maneras que no siempre podemos ver, Cassie. A veces, las cosas pequeñas pueden determinar diferencias enormes. Dicen, por ejemplo, que una sola mariposa que bate sus alas en la China puede afectar la manera en que sopla el viento acá en nuestro país. Una sola mariposa que bate sus alas puede generar un cambio insignificante que

143

luego se transforme en un cambio mayor, que a su vez se convierta en un tornado. El mundo no es como la matemática. No es sólo uno más uno igual a dos. Es más complicado.

Y entonces ocurrió algo de lo más extraño. La señorita Paloma me miró a mí, directamente a los ojos.

—Mucho más complicado —dijo—. Una sola mariposa… una sola mariposa… una sola mariposa…

Sentí un cosquilleo en el pelo de la nuca. Todos la miraban como si se hubiera vuelto loca.

De pronto la señorita Paloma sacudió la cabeza, como si estuviera saliendo de un trance. Sonrió con expresión confundida.

—Bueno, bueno, de tarea tienen que leer en el libro el capítulo correspondiente.

Sonó el timbre, y yo casi salté de mi asiento.

Cassie se abrió paso entre los chicos que salían apresuradamente del salón.

—¿No te pareció muy extraño lo que dijo la maestra? —me preguntó en voz baja.

—Pensé que tal vez lo había imaginado. Además a esta altura, ¿quién sabe qué es extraño y qué no lo es? Estoy acá sentada esperando a… tú sabes a quién… esperando que de pronto nos haga desaparecer de un plumazo.

Cassie asintió con la cabeza.

—Entonces, ¿por qué no lo hizo?

Afuera, en medio del gentío del pasillo, nos abrimos paso hasta nuestros armarios.

—No lo sé —dije mientras abría mi candado con combinación—. Decidimos decir que sí, le estamos dando lo que quiere.

Abrí la puerta de mi armario.

—A menos que... —comenzó a decir Cassie.

—A menos que no fuera ésa la respuesta que quería —dije yo, completando su idea.

—Pero es una locura —replicó Cassie, frunciendo el entrecejo—. Con todo lo que hizo, daba la impresión de querer que contestáramos que sí. La primera vez aparece justo cuando estamos a punto de ser tragados por un... —Miró a su alrededor para asegurarse de que nadie pudiera oírla. —Justo cuando estábamos a punto de ser tragados. ¡Vamos! Obviamente sabía que queríamos salir de ahí.

—Hubiéramos aceptado, pero entonces vimos ese pozo de traslación y pensamos que podíamos escapar. Si no lo hubiéramos visto... —Me interrumpí. Miré a Cassie, y ella me miró a mí.

—¡*Él* nos mostró el pozo! —exclamó Cassie.

—¿Pero por qué? ¿Por qué? ¿Qué está haciendo con nosotros? Aparece cuando estamos desesperados. Dice que no interfiere y nos da la posibilidad de elegir. Entonces nos deja ver una salida. ¿Qué es todo esto?

—Luego nos da otra oportunidad, y nos muestra el futuro. Nos muestra... *a ti*, básicamente, a ti en el futuro, de manera que no nos quede *ninguna* duda de que lo que decidimos fue quedarnos y seguir luchando. Y sabemos que perdimos. Y todo eso significa que tenemos que decir que sí y dejar que nos lleve a otro planeta. Entonces, ¿por qué tengo la sensación de que me estoy perdiendo algo?

Sonó el timbre de entrada a la próxima clase.

—Esto es una locura, como diría Marco.

Cassie se rió.

—Sí. Tengo gimnasia en la próxima hora. En cualquier momento puedo aparecer en otro planeta, pero mientras tanto tengo que ir a jugar al vóleibol.

La miré alejarse. Después me apresuré a llegar a mi próxima clase.

Una sola mariposa, pensé.

Pero, ¿cómo sabe la mariposa cuándo batir sus alas?

CAPÍTULO 23

Estaba de nuevo en la pileta yeerk subterránea, atrapada, pegada a la lengua del taxxonita. Pero no era una cucaracha, era yo misma, con mi cuerpo humano, sólo que muy pequeña, presa, a punto de morir.

Ax estaba hablando.

<La pileta es el centro de la vida yeerk, casi como una religión.>

Me debatí y traté de escapar. Intenté transformarme en algo, en el oso, quería convertirme en oso. Pero estaba atrapada. Lo único que podía hacer era batir mis débiles alas de mariposa.

Él nos mostró el pozo de traslación, murmuraba la voz de Cassie en el fondo de mi mente.

Recorrí pasillos oscuros, volando desesperada con mis alas de mariposa, siguiendo siempre una luz que nunca se acercaba, pero tampoco desaparecía nunca.

La kandrona, pensé en mi sueño, *la luz es la kandrona.*

—*El centro de la vida yeerk, casi como una religión.*

<*No, en realidad la pileta yeerk no. La kandrona es el centro para ellos; ésa es su luz.*>

—*Él nos mostró el pozo de traslación* —volvió a decir Cassie, sólo que ahora era la señorita Paloma.

Abrí los ojos de golpe y me senté en la cama.

Estaba más despierta que nunca. ¡Estaba electrizada!

—¡Ja, JA! —grité en la oscuridad de mi cuarto—. ¡SÍ!

Entonces dudé. ¿Estaba loca o solamente desesperada? Volví a repasarlo todo.

—¡Los tenemos! ¡Sí, sí, los tenemos! ¡Tenemos a los asquerosos gusanos!

Me saqué la camiseta que uso para dormir y me puse rápidamente la ropa con la que practico las metamorfosis.

Abrí la ventana, pero luego me detuve. En unas pocas horas más sería la mañana del sábado. No había clases, pero si mi mamá descubría que me había ido, podía preocuparse.

Sin perder tiempo, le escribí una nota avisándole que había salido a correr temprano y que posiblemente después fuera a lo de Cassie.

Entonces le eché un vistazo a la foto que tenía sobre el escritorio, ésa en la que salgo yo, de tres años, sobre la barra de equilibrio sostenida por mi orgulloso papá.

No podía contarles a los demás porque ya habíamos decidido contestarle que sí al elimista. Íbamos a dejar que nos llevara a un lugar donde no habría batallas ni necesidad de decidir nada.

Si les contaba a mis amigos lo que sospechaba...

Una vez más, sentí el peso sobre mis hombros, el peso de la duda, la culpa y el miedo.

Miré la foto de mi papá y sonreí.

—¿Qué pensarías de mí, papá, si me rindiera cuando aún tengo posibilidades de ganar?

Entonces me transformé. Los brazos se me encogieron, y la piel comenzó a adquirir el aspecto de unas suaves plumas que podían remontar silenciosamente la brisa nocturna.

Pocos minutos después, estaba lista.

La Luna brillaba en el cielo y todavía faltaban varias horas para la madrugada. La noche perfecta para una lechuza. Pero mientras volaba a toda velocidad hacia el bosque no presté atención a las apetitosas presas que había allá abajo.

<¡Tobías, soy yo! No te asustes, ¡pero despiértate!>

<¿Qué diablos...? ¿Acaso no me oíste cuando te dije que no te me aparecieras en...>

<¡Vamos!>

<¿Vamos adónde?>

<No discutas; ven conmigo. ¡Sé que no te gusta volar de noche, pero tienes que venir!>

<Rachel, ¿perdiste algún tornillo? ¿Adónde vamos?>

<Vamos a ser mariposas, Tobías. Primero iremos al granero de Cassie, y después, a cambiar el rumbo de la historia.>

Desplegó las alas y voló a mi lado, a sólo uno o dos metros de mí.

<Como tú digas, Rachel, pero ¿qué te hace pensar...>

<Sé dónde está, Tobías.>

<¿Dónde está *qué*?>

<Sé dónde está la kandrona.>

CAPÍTULO 24

—**B**ueno, son las tres y cuarenta y siete de la madrugada —dijo Marco—, y aquí estoy, gracias al hecho de que mi papá duerme como un tronco y no se da cuenta cuando me despierto a los gritos porque una lechuza y un halcón entraron en mi cuarto por la ventana. Así que tal vez ahora puedan decirnos a todos *por qué* estamos acá.

Estábamos en el granero de Cassie. Jake tenía cara de dormido pero se lo veía interesado. Cassie aprovechaba el rato para controlar a los animales enfermos. Ax simplemente estaba a un lado, esperando ver qué le decía Jake que hiciera. Tobías se había posado en un tirante del techo, cansado de tanto volar.

La única iluminación era una sola bombita eléctrica que ni siquiera disipaba las sombras de los rincones del granero. No queríamos arriesgarnos a que los papás de Cassie vieran una luz y vinieran a ver qué pasaba.

—Sí —le respondí a Marco—. Les diré por qué están acá. Sé dónde está la kandrona, *sé* dónde está.

Eso le hizo prestar atención, pero aún se lo veía escéptico.

—¿Qué te hace pensar que lo sabes?

—El elimista nos la mostró. A todos nos pareció injusto cuando se apareció en la pileta yeerk y nos pidió que tomáramos una decisión cuando estábamos a punto de ser devorados, ¿no?

<Ya te dije que a los elimistas no les importa en absoluto lo que es justo> dijo Ax.

—No, Ax, te equivocas, por lo menos esta vez. El elimista apareció cuando el taxxonita estaba a punto de tragarnos, pero luego nos mostró el pozo de traslación.

—Vimos el pozo porque estaba ahí —sostuvo Jake—. No era su intención mostrárnoslo.

—¿Estás seguro? —le pregunté—. Esperó a que saliéramos del comedor yeerk para aparecer. Esperó a que estuviéramos parados donde seguramente veríamos el pozo.

Vi que Jake arqueaba una ceja en actitud pensativa. Él y Marco intercambiaron una mirada.

—¿Y si estamos equivocados al pensar que el elimista es injusto? ¿Y si el instinto de Cassie es acertado y lo que él nos dice es verdad? ¿Y si está tratando de hacer lo correcto? Nos dice que en el futuro perdemos la guerra, que la raza humana termina esclavizada, que él tiene la posibilidad de salvar a un pequeño número de nosotros llevándonos a un lugar seguro. ¿Y si fuera cierto?

—Si nos está diciendo la verdad, y en el futuro perdemos, ¿qué es todo esto? —preguntó Marco—. Hemos visto ese futuro. Nada de lo que hagamos importará.

Negué con la cabeza.

—No es así, sí que va a importar. Si no importara lo que decidimos, ¿para qué tomarse el trabajo de preguntarnos qué queríamos hacer? ¿Ves? Sí importa lo que hagamos.

—Sí —replicó Marco—, pero la respuesta es obvia. Sólo podemos cambiar el futuro si aceptamos el plan del elimista de llevarnos a un planeta seguro.

—Sí, ésa es una forma. Él nos ofreció eso. Pero cuando al fin lo aceptamos, no actuó, no nos llevó al instante. ¿Por qué? ¿Por qué, después de que aceptamos, nos deja acá?

—Porque quería otra respuesta —dijo Cassie, haciéndome un gesto afirmativo y guiñándome un ojo—. Eso es lo que ha estado dándome vueltas en la cabeza.

—¿Qué otra respuesta? —quiso saber Marco.

—Está entre la espada y la pared —siguió diciendo Cassie—. El elimista está atrapado. *Quiere*

153

salvar la Tierra, pero no puede interferir de manera directa. Se supone que lo único que puede hacer es ofrecer salvar a un reducido número de nosotros, pero sabe que eso no salvará al planeta entero. Salvará a unos pocos humanos, sí, pero cuando nos mostró imágenes de la Tierra, no hablaba solamente de humanos. Se refirió a la Tierra como una obra de arte. Lo que quiere es encontrar una manera de salvarla.

—Sin interferir de manera directa —convine—. Pero, ¿y si nosotros por casualidad vemos otra manera? ¿Y si el elimista nos mostró el futuro con la intención de convencernos para que aceptemos su ofrecimiento de ir a otro planeta, y nosotros *por casualidad* vemos una salida?

—¿Qué salida? —preguntó Jake.

—La kandrona, nos dejó ver dónde está la kandrona —respondí—. Esa pileta yeerk en el centro de la ciudad es la clave. ¿Qué sentido tiene construir una pileta yeerk ahí? ¿Para qué derrumbar tantos edificios? ¿Para qué dejar la Torre EGS en pie? ¿Y por qué hay una cúpula de vidrio en la parte de arriba de la Torre EGS? Ya lo dijo Ax: la pileta es el centro de la vida yeerk. ¿Y esa pileta yeerk en particular? A mí me parece que es un templo, casi un lugar sagrado para ellos. Es donde colocaron la primera kandrona en el planeta Tierra.

Jake chasqueó los dedos.

—¡La Torre EGS!

—*Eso* es lo que hay debajo de la cúpula que está en la parte superior, la kandrona. *Eso* es lo que el elimista quería que viéramos. De la misma manera que nos mostró el pozo de traslación que utilizamos para escapar. No estaba interfiriendo... por lo menos desde un punto de vista técnico. La elección aún está en nuestras manos.

Marco lanzó una sonora carcajada.

—¿Quieres decir que tal vez el elimista está torciendo sus propias reglas para poder decir "Eh, yo no interferí", pero que al mismo tiempo nos da la posibilidad de darnos cuenta por nuestros propios medios? ¡No puedo creerlo! ¡Qué inteligente! ¡Encontró una salida! Ese tipo me cae bien.

—Pero aunque tengas razón con respecto a la kandrona, Rachel —argumentó Jake—, ¿eso qué prueba? Si la destruimos, ¿estamos seguros de que cambiará el futuro?

Cassie me miró y sonrió.

—Tal vez sí, tal vez no, pero las cosas se vinculan entre sí de mil maneras. Dicen que una sola mariposa que bate sus alas en la China puede generar un tornado en Estados Unidos.

<Sí> dijo Tobías, <pero ¿cómo sabe la mariposa cuándo tiene que batir sus alas?>

—No lo sabe —le contesté—. Creo que bate las alas lo mejor que puede y cruza los dedos para que funcione. Es sólo una mariposa, y hace lo que hacen las mariposas.

—¿Y qué hacemos *nosotros*, *Xena, princesa guerrera*? —preguntó Marco en tono burlón, anticipando mi respuesta.

—Les damos una buena patada a esos yeerks —repliqué con una amplia sonrisa.

CAPÍTULO 25

A las cinco y diez de la mañana, casi todas las ventanas de la Torre EGS estaban a oscuras. Desde la plaza también oscura que había frente al edificio, veíamos a un soñoliento guardia uniformado en el hall de entrada.

—Hay muchas oficinas, estudios de abogados y cosas así en este edificio —advirtió Jake—. La mayoría seguramente son personas normales. Por suerte, a esta hora del día no debe haber casi nadie. Pero es probable que el guardia sea un tipo normal.

—¿Qué hacemos con él, que no sea causarle daño? —preguntó Cassie.

De repente, Tobías bajó en picada desde el cielo oscuro.

<No se ve nada por las ventanas. Qué mala

157

suerte que esa cúpula de vidrio esté aún en el futuro. Pero les digo una cosa: hay algo ahí arriba que está generando calor. Remonté una maravillosa corriente de aire cálido que provenía del edificio mismo.>

—Hagámoslo ya —dije, y empecé a transformarme en el oso.

—Bueno, pero cuidado con las personas inocentes —me advirtió Jake—. ¿Tobías? Sé que estás cansado, pero no te duermas y mantén los ojos bien abiertos mientras nos transformamos.

<No hay problema, Jake.> Batió sus alas y ganó altura con lentitud.

—Seguramente las puertas están cerradas —señaló Cassie.

—No por mucho tiempo —dije yo.

Ax ya se estaba transformando para dejar atrás su forma humana y volver a adoptar su cuerpo de andalita.

A Jake le brillaban los ojos, el cuerpo se le estaba alargando, y un pelaje anaranjado con rayas negras empezó a cubrirle toda la piel.

Cassie ya estaba en cuatro patas. Un pelaje áspero y gris le crecía espeso por los hombros. La boca se le alargó hacia adelante hasta formar el hocico de un lobo.

<¡Eh! Se les está acercando un tipo por atrás> nos advirtió Tobías. <Creo que está borracho porque trae una botella. Si fuera de día, podría leer

hasta la etiqueta. Pero no hay duda de que camina a los tropezones.>

<Sigan con la metamorfosis> indicó Jake rápidamente. <¿Cassie? Ve a ver si puedes deshacerte de él.>

Cassie salió al trote, ya transformada por completo. Y un segundo después oímos un "Grrrrrr, grrrrrr, ¡grrrʜʜʜʜʜʜʜʜ!", seguido por un "¡Ooohhh! ¡No puede ser!" y el sonido de una botella que se hacía añicos y unos pies que salían corriendo.

Cassie volvió justo cuando estábamos terminando de transformarnos.

<El hombre decidió tomar otro camino> nos informó.

<Bueno, entremos> indiqué. Ya me había convertido en el oso gris, y me sentía invulnerable.

<En realidad, ¿no les parece mejor que Marco lo intente primero?> sugirió Jake.

Mientras los demás esperábamos escondidos entre las sombras, Marco, transformado en un gorila extremadamente grande y fuerte, enfiló en cuatro patas hasta la puerta de vidrio. Luego se paró sobre las patas traseras y golpeó el vidrio con su manaza.

El guardia saltó de su silla y se acercó con cautela. Entonces sacó el arma.

—Eh, tú, largo de aquí.

<Hola> lo saludó Marco en lenguaje telepático. <Vengo de una fiesta de disfraces, y estaba buscando a Visser Tres.>

El guardia abrió grandes los ojos.

—¡Un andalita!

<Ah, así que eres controlador. Bien. Eso simplifica mucho las cosas.>

No bien terminó de decir esas palabras, Marco hizo añicos el grueso vidrio de la puerta.

Su puño de gorila dio de lleno a la mandíbula del guardia. El hombre se desplomó con el arma aún en la mano.

<¡Vamos, vamos, vamos!> gritó Jake.

Arremetí contra lo que quedaba de la puerta de vidrio. Tuve cuidado, pero no demasiado porque no me importaba mucho lastimarme. Los pedazos de vidrio volaron por todas partes.

Cassie, Ax y Jake saltaron por sobre los fragmentos de vidrio. Jake fue corriendo hasta el ascensor.

<Puede haber una alarma. Tenemos que apresurarnos> indicó.

<No entramos todos en un solo ascensor> sostuvo Marco.

<Vayamos al montacargas, que seguro que ahí entramos> sugirió Jake. <Al último piso.>

Cassie y Ax vigilarían la planta baja mientras esperaban a que bajara el ascensor. Como Jake, Marco y yo éramos los más fuertes, subimos primero.

Nos apretujamos en el montacargas —algo nada fácil considerando nuestro tamaño— pero lo logramos.

<¿Puedes apretar el botón? Yo no puedo> me dijo Jake, levantando una de sus enormes patas para mostrarme.

No fue fácil. Las patas de oso no son lo que se dice una herramienta delicada. Pero después de ubicar con cuidado una de mis garras, logré presionar el botón correspondiente.

Las puertas se cerraron y ascendimos con rapidez.

En una de las paredes del montacargas había un certificado de inspección de seguridad. Me acerqué bien para distinguir las letras y lo leí en voz alta.

<Acá dice que pueden entrar como máximo veinte personas.>

<¿Y cuántos osos, tigres y gorilas?>

El ascenso parecía no terminar nunca. Miré el indicador que anunciaba los pisos: veintiuno, veintidós, veintitrés...

<Esteee... ¿vieron alguna buena película últimamente?> preguntó Jake.

<A mí me gustaría ir a ver la última de Keanu Reeves> dije yo.

<Dicen que ese tipo sí que tiene pinta, ¿no?>

<Ajá. ¿No querrá salir alguna vez con una chica como yo?

¿Saben? No muchos chicos aceptarían salir con un oso gris.>

En ese momento, me di cuenta de que se oía

música en el ascensor, la música tonta que siempre ponen en los ascensores.

<Prepárense> ordenó Jake.

<Hace rato que estamos preparados.>

<Último piso, ropa de damas, zapatos para niños. Bajen por favor> anunció Marco con su mejor voz de ascensorista de tienda.

El montacargas se detuvo y se abrió la puerta.

Y en ese mismo instante, tres humanos y dos hork-bajires se nos vinieron encima.

<¡Gggggrrrrrrrrrr!> rugió Jake con una voz que rajaba la tierra.

<¡Gggggrrrrrrrrrr!> repetí yo, con mi voz de oso aún más atronadora.

Embestí como un toro embravecido contra el hork-bajir que tenía más cerca. Eso significaba pasarle *por encima* al humano más próximo. Lo único que sentí cuando lo derribé fue un leve golpecito.

Me lancé contra el hork-bajir. La fuerza de mi embestida lo levantó y lo arrastró hasta que choqué contra la pared opuesta.

No lo maté, pero lo dejé fuera de combate.

Jake derribó al otro hork-bajir con un zarpazo rápido como un relámpago. Los demás humanos desaparecieron.

<Me hicieron una herida> dijo Jake.

<¿Es grave?>

<No tiene buen aspecto, pero puedo aguantar un rato más.>

En ese preciso instante se abrió la puerta del ascensor y aparecieron Ax y Cassie.

<Ya era hora> dije. <Ya tuvimos que enfrentarnos con el comité de bienvenida.>

<Perdón, pero Ax apretó el botón de otro piso> explicó Cassie, echándo un vistazo a los dos hork-bajires. <Saben que tiene que haber más guardias además de esos dos para cuidar la kandrona, ¿no? Y... ¡Jake! ¡Estás sangrando!>

<Estoy bien. Los controladores humanos salieron corriendo por ese pasillo. Vamos, que todavía no hemos ganado la batalla.>

Salí corriendo a toda velocidad, y los demás me siguieron. Mis zarpas desgarraban la alfombra a cada paso. No podía ver bien, pero olía la adrenalina de los controladores humanos asustados y sabía en qué dirección habían huido.

Los olía, los sentía. Me habían desafiado, y yo les iba a mostrar quién mandaba.

<Cuidado, Rachel> me advirtió Cassie. <Tienes una puerta adelante.>

<No, no hay ninguna puerta> respondí, y arremetí con mis cuatrocientos kilos contra una puerta de acero que se abrió como si fuera apenas un biombo.

Adentro nos esperaban ocho guerreros hork-bajires.

Ocho afiladas cuchillas con patas.

Ellos ocho contra nosotros cinco. No teníamos posibilidad de ganar.

Una persona sensata hubiera evaluado las posibilidades y hubiera huido, pero yo me les tiré encima.

Más tarde, todos me dijeron que había sido muy valiente, ¿pero quieren saber la verdad? La verdad es que, con mi limitada visión de oso, lo único que veía eran manchas borrosas, y pensé que eran humanos.

No fue valentía sino simplemente ceguera.

CAPÍTULO 26

<¡**R**achel!> me gritó Cassie tratando de advertirme.

<Demasiado tarde para retroceder> dijo Jake. <¡A LA CARGA!>

Me di cuenta de que las ocho figuras borrosas eran hork-bajires cuando estuve a un metro de aplastar al primero. Pero a esa altura ya no podía detenerme.

—¡Maten a los *ġaffnur* andalitas! —gritó un hork-bajir en la extraña mezcla de lenguajes que usan ellos—. ¡Maten al *fraghent* andalita *halaf!* ¡Mátenlos a todos!

De repente me di cuenta de que me habían herido porque sentía un dolor quemante que me nacía desde el hombro.

Levanté la pata y golpeé al hork-bajir en la ca-

165

beza. Lo derribé, pero antes de caer me lanzó una coz con sus patas de tiranosaurio y me produjo una segunda herida.

<¡Aaaaaahhhhh!>

Desde ese momento, todo se convirtió en una pesadilla de terribles imágenes que parecían aparecer, intermitentes, ante mi borrosa visión.

Vi a Cassie, con sus poderosísimos dientes hundidos en la garganta de un hork-bajir.

Vi a Ax que, con su cola semejante a un látigo mortal, acuchillaba, cortaba y volvía a acuchillar, hasta que uno de los hork-bajires se quedó parado gritando y sosteniéndose el brazo que le habían arrancado.

Vi a Jake y a un hork-bajir trabados en combate mortal mientras rodaban y se revolcaban a increíble velocidad.

Vi a Marco que luchaba con un solo brazo, mientras que con la otra mano se sostenía el vientre herido.

Y por todos lados se oían gruñidos, aullidos y gritos furiosos.

<¡Cuidado! ¡Rachel, a tus espaldas!>

—¡Muere, *gaferach,* muere!

<¡GGGGGRRRRRR!>

<¡Auxilio! ¡Me tiene atrapada!>

<¡Aaaahhhhhh!>

Imposible saber quién estaba ganando ni quién estaba herido. Todo se convirtió en un gran aullido, un largo grito de furia, hork-bajir y animorph, extraterrestre y animal.

Éramos criaturas de carne y hueso arrojadas a una picadora de carne, trece animales mortales trabados en un combate hasta la muerte.

Sentí que el oso comenzaba a debilitarse a medida que las cuchillas de los hork-bajires lo herían una y otra vez. Estaba perdiendo sangre. Mi parte humana lo sabía, y sentía que mis fuerzas flaqueaban.

Volví a arremeter y golpeé a un hork-bajir en el estómago. Lo arrastré hacia delante con mi impulso, y él me abrió un enorme corte.

¡CRAAAASSSSHHHH!

¡Choqué contra algo! Algo de vidrio, que se hizo trizas con el impacto.

¡Una ventana! ¡Había arrojado al hork-bajir por la ventana!

—¡AAAAAYYYYYYY!

Oí el grito del hork-bajir, que se fue apagando mientras él caía.

De repente, algo entró volando por la ventana hecha añicos.

—¡Chiiiiiisssss! —gritó Tobías, extendiendo sus garras hacia adelante y atacando a los ojos al hork-bajir que tenía más cerca.

¡La batalla se había dado vuelta!

Los hork-bajires se estaban dando por vencidos. No sé si el motivo fue oír a uno de sus compañeros

167

caer sesenta pisos, o si fue por la llegada de Tobías, que fortaleció nuestro bando. Pero lo cierto es que los pocos que quedaban salieron corriendo.

Fueron tres, porque los demás ni se movían.

Marco tomó la puerta destrozada y volvió a colocarla en su lugar. Luego, con lo que debe haber sido su último resto de fuerzas, empujó un escritorio y lo colocó delante de la puerta para bloquearla.

<Estoy malherido> dijo. <Tengo que volver a transformarme en humano, chicos.>

<Hazlo> indicó Jake. <Los demás también, transfórmense.>

<Yo estoy bien> argumenté con voz débil.

<Rachel> dijo Tobías. <Mírate el brazo izquierdo.>

Miré con ojos inexpresivos, pero mi pata no estaba ahí, sólo tenía un muñón.

<Comienzo la metamorfosis> anuncié. Me concentré en mi cuerpo humano, mi débil pero saludable cuerpo humano.

Por suerte, la metamorfosis se logra a partir del ADN. Como al ADN no lo afectan las heridas, éstas no pasan de una metamorfosis a otra.

Pero el cansancio sí.

A medida que mi cuerpo humano fue emergiendo de la enorme masa del oso gris, me sentí tan agotada que tuve miedo de desmayarme.

Con mis ojos humanos, vi una escena de devastación. Los hork-bajires estaban tirados por todo el cuarto. La mayoría parecía respirar aún, pero todos estaban inconscientes y sangraban por las mordidas y los zarpazos.

Lamentablemente para ellos, no tenían la posibilidad de transformarse y abandonar sus cuerpos lastimados.

—¿Están todos bien? —preguntó Jake. Por la voz se le notaba que estaba tan cansado como yo.

—Sí, pero nos salvamos por un pelo —opinó Cassie.

Con mis ojos humanos pude ver que nos hallábamos en una amplia oficina. Los escritorios estaban hechos astillas, la alfombra hecha jirones, y las paredes bastante estropeadas.

En uno de los lados, había una ventana que iba del piso al techo. El vidrio estaba hecho añicos. Recordé el hork-bajir que había caído al vacío, y sentí un escalofrío.

En otra pared había una puerta.

—¿Vamos por ahí? —sugirió Marco.

—Intentémoslo —dije. Fui hasta la puerta tambaleándome y comprobé que no estaba cerrada con llave.

Pasamos a un cuarto vacío, con piso de cerámica y paredes pintadas de blanco. Las ventanas estaban tapadas por gruesas cortinas. La habitación estaba vacía, salvo por una gran plataforma de sólida construcción ubicada en el centro.

Era un pedestal de acero, de alrededor de un metro de alto por dos y medio de largo.

Y sobre ese pedestal vimos una máquina del tamaño de un auto pequeño. Tenía forma de cilindro y se iba afinando en los extremos.

Brillaba intensamente, como si fuera de cromo o como si la acabaran de pulir, y emitía un leve sonido bajo y constante. Cuando me acerqué, sentí que el pelo se me erizaba por la electricidad estática. Hacía calor en el cuarto, mucho calor, y olor a tormenta.

<La kandrona> anunció Ax.

—La kandrona —repetí yo.

Durante un minuto entero nos quedamos ahí parados, mirando boquiabiertos la máquina.

—¿Rachel? —dijo Jake al fin—. Necesitamos que te vuelvas a transformar, ¿puedes?

Asentí lentamente con la cabeza.

—¿En elefante?

—Sí, en elefante. No se me ocurre de qué otra manera hacerlo. No tenemos herramientas ni nada por el estilo.

Así que me convertí en elefante.

Tobías salió volando para constatar que no hubiera ningún peatón abajo, en la oscura vereda.

Necesité hasta el último gramo de fuerza que tenía el elefante, pero logré mover la kandrona.

La moví, despacio, poco a poco, arrastrándola por el piso.

Y cuando al final logré arrojarla por la ventana, cayó desde una altura de sesenta pisos y se hizo añicos contra el piso de cemento.

CAPÍTULO 27

—Lo logramos —susurré mientras volvía a mi cuerpo normal—. Destruimos la kandrona.

—Tenemos que salir de aquí —dijo Jake—. Los yeerks se enterarán pronto y llegarán en cualquier momento.

—Bueno, pero... ¿qué significa esto? —preguntó Marco—. Lo logramos, pero, ¿qué significa? ¿Hemos cambiado el futuro?

TODO CAMBIA EL FUTURO.

Solté una exclamación por lo bajo.

—Tenía la sensación de que volveríamos a tener noticias de este tipo.

EN TRES SEMANAS DE LAS DE USTEDES, TRAERÁN UNA NUEVA KANDRONA. YA ESTABA ENCARGADA.

—¿Nos está diciendo que todo fue inútil? —preguntó Marco.

<No, Marco> respondió Ax. <No fue inútil. ¿Tres semanas sólo con la kandrona en la nave nodriza? En el transcurso de tres semanas sufrirán bastante. Se les atrasará lo que tenían programado, y muchos yeerks morirán. Tres semanas no es inútil.>

—Quieres decir tres de *nuestras* semanas, ¿no, Ax? —se burló Marco.

—¿Será suficiente? —preguntó Jake en voz alta—. ¿Será suficiente? ¿Habremos cambiado la historia?

No hubo respuesta; silencio, nada más.

—No creo que él sepa —dije—. Nos mostró un futuro posible, pero ¿saben una cosa? No creo que el elimista conozca de verdad el futuro más que nosotros.

—¿Por qué estás tan segura?

Me reí.

—Porque dondequiera que esté, planee lo que planee, juegue a lo que juegue, y por poderoso que sea, también tiene mariposas.

Entonces ocurrió algo asombroso: oímos una risa que se acumuló en nuestro interior, fue como un eco entre nosotros, y nos hizo sonreír a todos como si estuviéramos descansados y llenos de energía.

¡JA, JA, JA, JA! COMO DIJE, SON UNA RAZA PRIMITIVA, PERO AUN ASÍ, CAPACES DE APRENDER.

Sonreí.

—Vamos, chicos. ¿Les queda algo de energía

para una metamorfosis más? Tengo ganas de volar un rato.

Al principio, no hubo signos de que los yeerks estuvieran sufriendo. No sé cómo lo hicieron, pero se las arreglaron para sobrevivir. No fue sino hasta más tarde que nos enteramos de que les habíamos causado un daño terrible.

Pero ésa es otra historia.

Dos días después, fui en ómnibus al departamento de mi papá. Lo encontré haciendo las maletas para irse.

—Hola, Rachel —me saludó cuando abrió la puerta—. No sabía si ibas a venir o no.

Me encogí de hombros.

—Eres demasiado desordenado como para poder hacer todas las maletas tú solo.

—Gracias —dijo con una sonrisa triste.

—De nada.

—Te hubiera pasado a buscar. Amorcito, sabes que siempre puedes cambiar de opinión. Siempre podrás venir a vivir conmigo.

—Ya lo sé, papi.

Sonrió con tristeza.

—Sabes que extrañaré verte tan seguido, pero vendré todas las veces que pueda.

—También lo sé, papi. —Le di un besito en la mejilla. Él me acarició el pelo y me puse a llorar.

Acomodé todo en la valija y la cerré.

—¿Vas a estar bien sin papito acá para cuidarte? —me preguntó.

—Sé cuidarme sola —respondí, secándome las lágrimas.

Bajamos en el ascensor y fuimos hasta el taxi que lo estaba esperando.

—Ven conmigo al aeropuerto. Después te vuelves a casa en el mismo taxi..

—No, tengo cosas que hacer.

Sonrió.

—Entiendo. Probablemente tienes algo muy importante que hacer con tus amigos. —Era un chiste.

—Sin duda. Tenemos que salvar al mundo.

Mi papá lanzó una carcajada.

—Si hay alguien que puede hacerlo, tesoro, eres tú.

El taxi se alejó.

Levanté la vista al cielo. Un halcón solitario volaba en círculos allá en lo alto.

<¿Vienes, Rachel?> me llamó Tobías en lenguaje telepático.

Dije que sí con la cabeza para que pudiera verme. Y fui.